がん六回、人生全快

〈復刻版〉

関原健夫
Sekihara Takeo

ブックマン社

がん六回　人生全快

復刻版

関原健夫

がん六回　人生全快　復刻版／目次

本書は二〇〇九年十二月発行の講談社文庫をもとに改訂したものです。
巻末の鼎談は、復刻版刊行にあたり今回初めて収録するものです。

復刻版発刊にあたって

私が闘病記『がん六回　人生全快』を刊行した二〇〇一年七月（文庫加筆版は二〇〇九年十二月）からちょうど十五年経過した。今年のがん罹患者は一〇〇万人を超え、二〇〇〇年の五三万人から倍増している。高齢化の影響を除くと漸く増加に歯止めがかかってはいるが、マスメディアもがん不安を煽っており、国民のがんへの恐れはむしろ高まっている。この間、がんを取り巻く環境は大きく変わり、がん医療も格段に進歩した。二〇〇六年にがん対策推進基本法ができ、国策としてがん対策が進められたこともあり、がん医療技術は進歩し、病院設備や医師の対応も年々良くなり、がん情報も充実してきたが、患者数の増加等から患者の不平・不満は依然多く、特に雇用環境の激変や、家族構成も単身・独居者や高齢老夫婦だけの世帯が急増して、がん患者を支える力の低下は深刻である。

この十五年、私は、全快したがんに代わって心臓病（心筋梗塞や狭心症）の発作で五回入院する等、大きな病との共生が続いているが、還暦を越え、古希を迎えられたのは望外の喜びで、医学の進歩と優れた医師達の尽力に幸運が重なったお陰と感謝の日々である。この幸運を少しは社会に還元すべく、がん知識の普及・啓発やがん検診を推進している（公財）日本対がん協会で、ボランティアとしてがん患者支援のお手伝いをしているが、多くの素晴らしいがん患者や医師達と出会えたこともありがたい。希望を持って病に立ち向かったことで、新しい道、新たな人生が開けることもあるのだ。

闘病記執筆の動機は、三九歳でがんを発症し、転移・再発を繰り返しながら、夢想だにしなかった五五歳の定年を迎えられた自分史であり、読者に伝えたいメッセージは四つだった。

まず普通のサラリーマンが歳若くしてがんを患い、がん患者にとって最も耐え難い転移・再発を繰り返しながらも、普通に働き続けた生き様をがん患者に伝え、闘病の励みになればと考えたこと。二番目は日米でがん手術を経験したこともあり、日米のがん告知・がん医療の違いや、患者の目を通して医師や看護師等医療従事者の、私生活を犠牲にした日本のがん医療の現場を伝えること。三番目に、勤務先の日本興業銀行は私を健常者と差別することなく処遇し、仕事も与えてくれたことで、働き盛りのがん患者にとって仕事の継続はがん闘病の原点であることを、企業経営者や人事責任者に理解して欲しかったこと。そして最後は家族、友人や職場の上司と同僚達との良き人間関係が、闘病の最大の支えになったことだ。

この四つはがん医療を取り巻く環境が変わり、医療技術が進歩した今日にも通じるメッセージで、今回の復刻の意味もあるはずだ。特にがん患者と仕事の問題は長引く経済不況とグローバル化の進展を背景に、年々深刻化して、大きな社会問題になっている。この闘病記が二〇〇九年十二月に『NHKスペシャル　働き盛りのがん』としてドキュメンタリードラマ化され、現在のがん対策推進基本計画にも「がん患者の就労」が重点施策に盛り込まれたことにも現われているだろう。

本書の最後に長年良き交流が続く、垣添忠生日本対がん協会会長（国立がん研究センター名誉総長）と岸本葉子さん（エッセイスト）のご参加を得て、日本のがん医療やがん患者が抱えるさまざまな問題について語っていただいた。がんは国民の二人に一人が患う最も身近な、かつ深刻な病であるだけに、読者にも共感いただければ幸いである。

二〇一六年秋

関原健夫

第一章

発病——ニューヨーク

腹部の違和感

何となく腹が張る。便秘気味だ。

そんな腹部の違和感を覚えたのは、一九八四年七月初めの頃のことであった。

当時私は、興銀ニューヨーク支店と現地法人である興銀信託の営業課長に昇進したばかりだった。ニューヨークに赴任して、ちょうど一年が経っていた。アメリカ勤務は二度目で、それ以前に七九年から一年間、アメリカの投資銀行モルガン・スタンレー（ニューヨーク）に研修生《トレーニー》として派遣された経験があった。

忙しい日々の中で、腹部の違和感は絶えず続いていた。元来、便秘気味ではあった。和食が好きで、野菜や魚が中心の低脂肪で繊維質が多い食生活を心がけていたにもかかわらず、便秘は長年続いていた。そのため、このときも最初は全く気にも留めていなかった。だが、明らかにそれまでとは違う症状が出てきたのである。

まず、トイレに通う頻度が増えていた。便は硬く、コロコロしており、子供の頃、田舎で見た羊のフンによく似た状態だった。排便後も常に残便があり、それが気になってまたトイレに行くことが多くなっていた。

それでも、私は依然として、たかが便秘と思っていた。当時のニューヨークの仕事は、連日目が回るほどの忙しさであった。便秘は不規則な生活につきものの症状だから、いずれ新しいポストに慣れて生活パターンが落ち着けば、自然に解消するだろうと安易に考えていたのである。

八〇年代の日本企業は対米進出が花盛りで、邦銀の米国での地位や役割も急上昇し始めていた。日本経済には「ライジング・サン」の勢いがあった。日産自動車が米テネシー州で大工場建設に着工したのが八一年、生産を開始したのが八三年である。第一次オイルショック（一九七三年）以降に海外進出を始めた興銀でも、人と金を次々に海外に送り、海外で東京銀行に並ぶ地位を手に入れるまでになっていた。

営業課長としての私の仕事は、日中は主に取引先訪問や米銀との折衝。夜は連日、日本からの訪問者や、米国各地に点在する工場の日本人幹部との夕食会であった。日本人幹部たちは、家族と離れて単身やって来ている人がほとんどであった。しかも派遣先はアメリカの田舎であったため、彼らはみな、仕事とは言えニューヨークへ来るのをとても楽しみにしていた。対米進出の最先端で懸命に働く彼らのために、ニューヨーク訪問時くらいはせめて精いっぱいのもてなしを、と私は考えていた。そういった仕事がらみの夕食を終え、十時ごろに再び銀行に戻ると、朝を迎えようとする日本（時差十三〜十四時間）から、矢継ぎ早に電話が鳴る。結局、帰宅するのはいつも午前様であった。

当時私はまだ四十歳にも満たなかった。サラリーマンとしては最も仕事が面白く感じられる時期である。ニューヨークという街も、雑多な人種、あらゆる職業の人々が暮らしていて、金融の第一線で仕事をするビジネスマンにとっては、大きなやりがいを感じられるエキサイティングな街であった。そんな街で思いきり仕事ができることが、当時の私には本当に楽しかった。毎日午前様でも、苦痛や不満はなかった。

八月に入り待望の夏期休暇が取れ、私は妻と共にスペイン・ポルトガルの旅行に出かけた。久しぶりに仕事を離れて楽しい休暇の日々が続いてはいたが、その間も腹部の違和感は続いていた。トイレに行く回数はやはり多い。日ごろは深夜帰宅して家では眠るだけのために日中の私の生活状態を知らない妻も、さすがにこの異常に気づいた様子で、

「一体どうしたの？」

と尋ねてきた。

「昔からの便秘が、最近ちょっとひどいだけだ」

そう答えたが、いつもとは違う体調に、何となく不安を感じないわけではなかった。旅行から帰っても違和感は続く。やはり一度医師の診断を仰ごうと考えた私は、ニューヨーク駐在が長い先輩に、どこか良い病院か医者がいないか、紹介を頼むべく相談してみた。

すると彼は即座に、自慢げに教えてくれた。

「関原、日本でバリウムを飲んでレントゲンを撮ったり、胃カメラを飲んだりするのはとにかく苦しくて、とても検査を受ける気にならないだろう？　ところが、ここニューヨークには日本人の医師で、苦痛を与えないように『前投薬』を使ってあっという間に検査してくれるすごい医者がいるからそこへ行け。医者の名前は、新谷弘実《しんやひろみ》というんだ。ただし、女医じゃないぞ」

慣れない異国での検査にしり込みしていた私だったが、すぐにその診療所に電話を入れ、アポイントメントを取ることにした。ところが、

「ドクター新谷は、現在夏期休暇中。診察は八月下旬からで、九月五日が空いている」

という答え。それでは、と早速その日を予約した。

同じ頃、便秘のことを同僚にも相談してみた。すると彼は、自分の妻の母親が便秘症で、よく効く常備薬を使っていたことを記憶していた。彼の義父は開業医であった。同僚はすぐに日本の義父に電話をして薬を取り寄せ、親切にも届けてくれた。迷わず一錠服用してみると便が軟らかくなり、排便もスムーズになった。いつのまにか便秘からくる不安も解消し、同僚夫妻の好意に感謝した。しかし、結果的にはこのことが医師の診断を仰ぐ機会を遅らせる一因になってしまったのである。

検査の予約を入れた九月五日の前日は、昼、夜とも食事を抜いて、胃腸を空にし、

検査の準備を万端に整えていた。ところが五日の当日になって、日本から訪れたＶＩＰとの昼食が入ってしまった。どうしようかと迷ったが、薬のおかげで便秘が和らいでいたこともあり、仕事が大事とせっかくの予約をキャンセルしてしまった。

このことを、後にどれほど悔やんだことか。

九月中旬、私は、日本から送られてきて銀行に備えつけになっている「週刊朝日」八月三日号を読んだ。何げなく手に取った雑誌の中にあった記事に目を通して、ドキッとさせられた。「おとなの病気新辞典――名医に聞く『大腸・直腸のポリープとがん』」という三ページの記事で、朝日新聞の田辺功記者が、癌《がん》研究会附属病院の高橋孝外科医長にインタビューしていた。そこには、

「大腸がんの三つの症状といえば、出血、腹痛、便通の異常です。腹痛は右のがんの場合だし、便通の異常は左の結腸で出血を伴う」

と説明されていた。それを読んだ瞬間、私は自分の便秘や腹部の違和感が「大腸がん」ではないかと直感した。早速コピーをとり、何回も何回も熟読し、ますますその感を深めていった。しかし一方で、

（俺は毎日こんなに元気で多忙な仕事を消化し、週末にはテニスやゴルフを楽しんでいる。別に痛くも痒《かゆ》くもなく、がんによくある体重の減少もない。そもそも年齢も三八歳。酒も煙草もやらず、健康には人一倍気を配ってきたのだから、がんになるはず

などない）

と疑念を打ち消す気持ちも強まっていった。後で思えば、それはただがんに対する恐れ、がんを認めたくない、がんから逃げたいという人間の弱さの表れに過ぎなかった。そんなことより早く検査を受ければよかったのである。

十月の中旬、初めて下血《げけつ》をみた。ゾッとした。最初は、便が硬いためにいきんで痔《じ》が切れただけと思ったのだが、「週刊朝日」の記事に「出血」という言葉があったのが思い浮かんだ。自分の症状は、まさに記事に書いてあったのと同じではないか。

下着が血で汚れていることに気づいた妻から、

「一度お医者さんに診てもらってください」

と強い口調で促されたこともあり、いつも心の中から離れなかったがんへの不安が急速に高まった。そこで、今度は仕事のためにキャンセルする心配がない、銀行が休みになる十一月六日（火曜日）に、改めて新谷先生の診察の予約を入れた。

がんの宣告

あの日のことは今も鮮明に記憶している。十一月の第一火曜日、四年に一度のアメリカ大統領選投票日「エレクション・デー」であった。候補者は再選を目指す共和党のレーガン大統領と民主党のモンデール氏。朝から暖かな快晴で、絶好の選挙日和であった。

診察を前に、前夜、下剤を飲み、朝は排便を済ませた。その後、前もって指示されていた米国流の浣腸《かんちょう》をした。薬局で水枕のようなゴム製の浣腸器を購入し、ぬるま湯一・五リットルを肛門《こうもん》から直腸に直接流し入れるという、極めて原始的な方法であった。

妻と一緒に車で家を出て、予約時間の午後二時にマンハッタン五五丁目にある新谷先生の診療所に着いた。まず中国人医師の許先生の問診があった。日本語と英語の交じった質問に対し、私は必死に暗記した英語で症状を説明した。問診が終わるとそのままベッドに横になるように言われ、いよいよ新谷先生が現れた。先生は当時五十歳。しかしそんな年齢を感じさせないエネルギーに溢《あふ》れていて、実際の年齢より十歳は若く見えた。

「関原さん、これから始めますから力を抜いてください」

と先生が笑顔で言われ、手首の静脈に注射針が入る……と、同時に私は眠ってしまった。気がついたときには時刻は午後四時前。丸一時間以上眠っていたことになる。その間に診察は済んでいた。

目が覚めると先生に呼ばれ、診察結果を聞くために妻と一緒に先生の部屋に入った。椅子《いす》に座った後、先生が結果を説明されようとしたのを差し置いて、私のほうから

「週刊朝日」の記事のコピーを差し出した。

「先生、私はこの病気でしょう？」

私はタイトルの「大腸がん」を指し示してみた。なぜそうしたのか、そのときの心理を説明するのは難しい。自分でがんを見つけた、という気持ちがあり、それを先生に確認していただきたかったのかもしれない。その一方で、先生に「違う」と否定してほしかったからかもしれない。ともかく、先生は少し驚いた表情で答えられた。

「なぜ気がついていて、今まで来院しなかったのですか」

こうして私は、がんという言葉を使われないまま、がん宣告を受けることになった。がんを告知された方の手記を読むと、よく「頭の中が真っ白になる」と記されているが、私の場合は特別の感情もないままだった。ある程度覚悟していたせいもあるし、親戚《しんせき》に医師が多く、日ごろからがんについてよく聞いたり話したりしていたこともある。また、胃がんを早期発見した父が手術が成功して大変元気であり、がん宣告を受けても直ちに死に至るとは思えなかったことも、影響していたかもしれない。

とにかく、告知を受けても自分ががんだという実感は湧《わ》かなかった。

私があまり動揺していないのを見て、先生はやや安心されたのか、メモ用紙に丸い円を書き、円を太く描くように内側の半分程度を真っ黒に塗り潰《つぶ》された。

「この黒い部分がチューモア（腫瘍《しゅよう》）になっているところです。手術をする必要があります」

先生はそう告げられた。S状結腸のがんであった。小さい腫瘍やポリープなら細胞検査の必要もあったはずである。何万人もの腸を診てこられた先生とは言え、検査を待つまでもなくがんであることを即断されたのだから、私の場合はそれほどがんが大きく進行していたのである。

しかしそれも後で気がついたことに過ぎず、そのときはただ先生の話を聞いていた。

「ご説明はよくわかりました。手術なら日本に帰って受けたいと思いますが……」

「手術をどこで受けるかは関原さんの判断にお任せします。ただ私は、ここニューヨークで手術を受けられては、と思います。なぜなら第一に大腸がんの患者は、乳がんと並んで、米国では日本の四～五倍と多く、極めてポピュラーな手術だからです。したがって医師のレベルは一流の病院であれば日本と遜色《そんしょく》ないと思います。第二に日本で手術となれば、帰国して病院を探し、ベッドの空きを待って入院し、一から検査することになるはずで、実際に手術するまでに時間がかかり過ぎます。このがんは急速に進行するものではありませんが、やはり早めに手術したほうがよいと思います。昔は私も手術をしていましたが、現在は診断が中心ですので、手術はスタッフの米国人医師のドクター・スワンが行います。彼は若いですが、腕は確かで、大変信頼できます。私が胃腸内視鏡部長をしているベス・イスラエル病院にベッドが確保されていますので、十日から二週間のうちに入院と手術が可能でしょう。ただし、どこで手術を受けるかは、あくまで関原さんが選ぶ問題です」

「よくわかりました。少し時間をください。一両日中にご返事いたします」

「関原さん、大丈夫ですよ。あまり心配しなくていいですよ」

先生の励ましの言葉でがん宣告は終わった。それにしても、半ば自分から促したこととは言え、検査の直後に本人に対して直接告知があることは予想外であった。

診療所を出たときには午後五時半を回っていた。あたりはすっかり暗くなり、初冬の冷たい風が吹いていた。さすがに、とてつもない大きな不安が襲ってきた。車に乗り、エンジンをかけながら妻に話しかけた。

「さゆり、えらいことになってしまったなぁ。がんで手術とは……」

大きな難題を突然告げられた妻も、その重い事実を全く消化できない様子で、

「先生とよく相談して何とか切り抜けましょう」

と、辛うじて言葉を返してくれた。

検査のために丸一日絶食したせいで、私は強い空腹を覚えていた。妻と診療所近くのウォルドルフ・アストリア・ホテルにある日本料理店「稲ぎく」に入って食事をした。店内を見回すと、周囲にいる人たちはみな、辛いことなど何もないといった表情で楽しそうに食事している。ところが自分はといえば、いきなりのがん宣告である。

日本から遠く離れたアメリカでがんになるとは……。これから何が起こるのだろうか……。いずれにせよこの地で、妻と二人で何とか乗り切っていかなければならないのだ。

二人とも、不安に押しつぶされそうになる気持ちを抑えて、静かに食事をした。私の頭の中はがんのことでいっぱいだった。食事を早めに切り上げ、こんな日こそ交通事故に気をつけようと心して車を運転し、帰宅した。

周囲の反応

さて、この結果を日本にいる両親にどう伝えればいいのか。私は大いに悩んだ。日本で手術をすることも念頭にあり、父はがんの経験者でもあるのできっと冷静に受け止めて情報入手に尽力してくれるはずだ。そう考えて両親に電話をかけ、新谷先生の言葉をそのまま伝えた。

父は電話口で一瞬言葉を失っていた。しかしすぐに、冷静にこう言った。

「事情はわかった。至急情報を集めて連絡するから安心しなさい。どこで手術するにしろ、体力と精神力が一番大切だ。十分気をつけてほしい」

次いで母が電話口に出た。

「本当なのかね？　間違いであってほしいね……。もしがんだとしても頑張らねばねえ。関原の家には神様がついていますからね」

母は自分に言い聞かせているようでもあった。そして私に代わって電話に出た妻に、

「さゆりさん、あなたが頼りですよ。健夫をよろしくね」

と涙声で繰り返す。母の動揺が痛々しいほど伝わってきた。

夜、寝床に入ってからも、がんのことは頭から離れない。

「やっぱりがんだったか」

という残念な気持ちと同時に、

「がんになった以上、腹をくくって立ち向かうしかない。親父も立派に克服したんだから大丈夫」

と、がんと闘う覚悟も自然と湧き上がってきた。あれこれ考えはしたが、昨日来の検査疲れもあって、いつの間にか眠りに落ちた。

翌朝、早速情報収集してくれた父からの電話が鳴った。昨夜（アメリカ東部の夜八時は日本の朝十時）の電話を受けて、朝から一日中、息子のために走り回ってくれたようだった。父の主治医で胃がん手術を執刀してくれた大学教授や、伯父（母の兄）や甥《おい》など親戚中の医者の意見を総合すると、新谷先生の意見に間違いはないとするものであった。

大腸がんは食生活との関係から、肉食の多い米国では患者数が日本に比べて圧倒的

に多いこと。手術方法も世界的にほぼ確立しており、人工肛門が必要な直腸下部の手術を除き、ニューヨークの一流病院であれば日本と同様、あるいはそれ以上のレベルであること。がんは急に進行するものではないにしろ、がんを直接ファイバースコープで見つけた医師や、同僚の外科医の判断を尊重することが望ましいこと。一方、日本での手術となれば、病院探しがひと苦労であり、検査も一からやり直すことになるはずだということ。

父のこの報告を聞き、手術はアメリカで、新谷先生にお任せして行うことに決めた。早速その旨を診療所に電話で伝え、夕刻には再び診療所を訪問。その場で、執刀医となるドクター・スワンを紹介された。

ドクター・スワンは、私とほぼ同年齢と見受けられ、穏やかで、いかにも米国人らしい親しみやすい雰囲気であった。ニューヨーク・ロングアイランドのカレッジを卒業後、スイスのベルン大学の医学部で学んだという。信頼の置ける医師という印象が持てて安心した。

手術の日程もすでに決まっていた。驚いたことに、手術日は感謝祭（Thanksgiving）の休日中の十一月二三日だという。入院は手術の二日前の二一日。それまでに、必要な検査はすべて外来で行うということも固まっていた。しかも術後は一週間程度で退院でき、その後二週間自宅静養すれば、職場への完全復帰が可能だという。驚くべきスピーディーな予定で、容易には信じられなかった。噂には聞いていたが、米国流の医療システムとはこういうものかとすっかり感心してしまった。

もっとも、この手術については後日、なぜほかの病院を選ぶことを検討しなかったのかと考えたことがある。ニューヨークには、がん治療では世界的に定評のあるスローン・ケッタリング記念病院のほか、いくつか入院先の候補があった。新谷先生を信頼していたことが理由の第一だが、情報が不足していたことや、精神的・時間的余裕がなかったことも大きい。

こうして、家族と医師との間では、手術についての決定がなされたわけだが、さてこの事実を職場の上司にどう伝えればよいのか。私は迷っていた。サラリーマン、特に海外勤務にある者ががんになったとき、職場はこれをどう受け止めるのであろうか。また、この事実が日本にどう伝えられ、その結果、自分の処遇はどういうことになるのだろうか。まだ課長になりたてで、先日三九歳を迎えたばかりの自分には、皆目見当がつかなかった。

とは言え、すでに手術の予定も決まっている。復帰までの間、多忙な職場から離れるわけで、周囲に迷惑がかかることは必至である。医療費についても、保険のないアメリカでは全面的に銀行に頼らざるを得ない（銀行が行員・家族のために保険会社と契約している）。

あれこれ考えたが、結局、ありのままを直属の上司に伝えることにした。新谷先生がキャンサー（がん）ではなく、チューモア（腫瘍）という言葉を使ったのと同じように、あくまでもがんという言葉は使わずに、淡々と事実を告げた。

「新谷先生の診察で大腸に腫瘍が発見されたので、入院して手術を受けます。三～四週間休ませていただきます」

上司は絶句した。

「おい本当か。毎日人並み以上に元気いっぱいで仕事をしているし、週末になればテニスやゴルフもしているというのに、手術だって？」

彼はそう言いながらしばらく私の顔をしげしげと見ていたが、やがて私の深刻な表情に気がついたようだった。

「大丈夫だ。全快を信じているよ。仕事は心配しなくていいから元気で戻ってこい。すべて銀行で面倒をみるから何も心配するな」

迷惑をかける同僚や部下にも、同じ内容を伝えた。だが、彼らは一様に一瞬驚いた後、沈黙してしまった。

心配してくれているのはその表情からよくわかるのだが、日本人はちょっとした一言を返すことができない。たとえば、

「その元気な姿や仕事ぶりですから、大丈夫、すぐ戻ってきますよ」

といった励ましの言葉でもいいと思うし、
「入退院の荷物運びの運転は任せてください」
「奥さん一人で大変でしょう。買い物でもなんでも女房に手伝わせます」
といったサポートの言葉でもいいと思う。その一言がなかなか出てこないのだ。

この経験は、それ以降の入院の際にもしばしば経験した。本当は親切な気持ちがありながら黙ったまま過ごしてしまうというのが日本人の特徴なのだろうか。どんなに立派な経歴の持ち主であっても、こういうときに言葉をかけられず、黙り込んでしまう場面に何度も遭遇したものである。

当時の日本はまだ、今ほど高齢化社会ではなかったし、長寿が一般的なことではなかった。だから、自分の事としても他人の事としても、「病気」というものに関心が薄かったのかもしれない。また、病気は極めて個人的なものだという考え方に基づき、家族や親族でケアするのが慣習となっていたからなのかもしれない。

しかし今後、高齢社会、核家族化がさらに進行するであろうわが国の将来を思うと、そういった言葉のかけ合いや、助け合いの行動を起こすことの価値、あるいは家族や肉親を超えた友人、地域社会で病人や弱者を支え合っていくことを考える時期にきているのではないかと何度も思ったものである。

数日後、父から見舞いの手紙が届いた。

「この度の『がん』宣告の報《しら》せは、遠く離れて暮らす親にとってもまさに驚愕《きょうがく》で、平常心を失いました。異境の地にあってこの宣告を受けた二人の心中は察するに余りあり、慰めの言葉もありません。金融の最前線のニューヨークで、支店の営業課長として働き盛りの四十歳を前にして、また親の『がん』を身近に体験し、酒も煙草もやらずに健康には気をつけていたお前がどうしてこんなことになったのか。ただ神を恨むばかりです。

お前も知っての通り、小生も八〇年に胃がんの手術を受け、この病気の恐ろしさ、不安がどれほど耐えがたいものかを体験しています。特に小生と違って年齢わずか三九歳だけに、その心中は痛い程判《わか》っています。が、いかんともし難いのが厳しい現実です。

幸い二人とも『がん』の宣告を冷静に受け止め、直ちにニューヨークで手術を受けることを決めたようで一安心しました。電話でも報告しましたが、小生の胃がんの執刀医である大学教授を訪ね状況を説明し意見を求めたところ、普通の大腸の手術であればニューヨークの一流病院なら全く問題はないとのコメントで、ホッとしました。

世間には、『がん』の宣告を受けて、我を失ったりジタバタして己の弱さや限界をさらけ出したりする人間も少なくないようですが、さすがわが息子。冷静に受け止め、よき対応をしていると感心しました。『がん』が発見された以上、どんなに辛くとも悲運と覚悟して、信頼できる医師とよく相談して納得の上治療を受け入れる以外にないはずです。

本当なら是非とも見舞いと看病を兼ねてお母さんと二人で渡米したいところではありますが、考えてみればニューヨークは初めての地。その上言葉もできない年寄りが行けば、さゆりさんの足手まといになることに気づき、渡米は断念。遠くから手術の成功とがんが早期発見であることを神に祈ることにしました……」

手紙を読み終え、両親が心配している様子が手に取るようにわかった。両親のためにも、今度の手術を無事に乗り切らねばなるまい。がんへの闘志がますます湧いた。

入院と手術

入院までの一週間は目の回る忙しさであった。今も手元にある当時の手帳には、多忙なスケジュールがびっしりと書き込まれている。

十一月十四日　昼、三菱地所。夜、日立金属。

十五日　夜、日本鉱業。

十六日　昼、曙ブレーキ。夜、NEC。

十七、十八日(週末)。

十九日　昼、アラビア石油。

二十日　夜、興銀信託の十周年パーティー。

ランチとディナーが連日続くのが、当時の海外駐在員の普通の生活であった。このスケジュールをキャンセルした形跡はない。むしろ「自分は大丈夫なんだ」と言い聞かせるためにも、必死に働いた一週間だったように記憶している。

同時にそのスケジュールの中で、入院前の検査もこなしていった。検査は朝八時半に始まり十一時前には終わる。その後、会社に出勤し、多忙な日程を消化した。十五日には採血・検尿・心電図・肺機能・胸部レントゲン。十六日に肝CT（コンピューター断層撮影）、骨シンチグラム（放射性同位元素が骨に集まる性質を利用してがんの骨転移を調べる検査）。これらは医師の説明では、転移（肝臓・肺・骨）および重要臓器の機能のチェックだという。日本とは違い、腎《じん》機能、糖尿の検査は、採血と検尿だけで済んだように記憶している。

外来で必要な検査をすべて済ませられるこのアメリカでのやり方は、実にありがたいことだったのだと、後に日本で手術をすることになったときに痛感した。もちろん、入院費用が極端に高いアメリカと、医療費が安く、国民皆保険で大部分をカバーする日本（ただしそのために国庫は大赤字）とでは、単純に比較することはできないが、日本は検査に要する日数が長く、患者の負担が相当大きい。手術前に長々と入院して検査、検査の連続だから、患者は手術を受ける前に検査疲れしてしまうのが常である。

手術までの間、私はがんの情報を集めるために本屋を歩き回った。本の多さに驚き、選択に迷うほどで、米国の医療情報の豊富さを認識した。しかし限られた時間で、しかも英語で読むのは大変である。そこで日本語の本も探したが、唯一、ロックフェラーセンター前の紀伊國屋書店で見つけたのは『ビタミンCでがんと闘う』というアメリカの医師が書いた本の翻訳ものだった。これが初めての、いわゆる「民間療法」との遭遇でもあった。

入院当日の十一月二一日。私は妻の運転で昼前に自宅を出た。どうせ夕方には下剤をかけられるのは承知だったが、しばらく御馳走《ごちそう》を口にすることも不可能になるのだからと、妻と二人でマンハッタンのミッドタウン、五番街に近い五五丁目の最高級フランス料理店「ラ・カラベル（La Caravelle）」に入り、昼食を楽しんだ。豪華なレストランの壁には、地中海の風景を描いた大きな絵がかけられていた。

「健康を取り戻せたら、妻とぜひ行ってみたいものだ」

と、ふと思った。手術前にしては動揺もなく落ち着いた心境であることに、われながら少々驚いていた。

食事が終わりレストランを出ると、いよいよ病院に向かう。その途中、パーク街四七丁目の興銀ニューヨーク支店に立ち寄り、上司や同僚たちに挨拶《あいさつ》をした。

入院するベス・イスラエル病院はマンハッタンのロウワー・イースト、一番街十六丁目にある。十九世紀の末にニューヨーク在住のユダヤ人たちが資金を出し合って設立した、ベッド数千三百六十八床の大病院である。入院した病室は二人部屋であったが、真ん中をカーテンで仕切られ、広々として清潔だった。部屋にはトイレとシャワーも完備され、冷蔵庫にはジュースや清涼飲料が詰まっていた。看護婦からは、食事は絶食だが水分は自由、むしろ多量に飲むように勧められた。毎朝バスタオルとシーツ、および寝間着（ホスピタルガウン）を交換してくれることもわかり、日本の病院との違いを知った。

部屋に落ち着くと、ドクター・スワンが現れた。

「ミスター関原。手術に必要な検査はすべて終わりました。手術に問題はありません。手術は予定通り二三日の朝八時から行います。言葉の問題は気の毒ですが、質問や不安があれば、自分以外にもレジデントの若い医師や看護婦がいますから、何でも質問してください。質問はミスター関原の権利ですから」

ドクター・スワンはそう言って、私の緊張と不安を和らげてくれた。

私は、それまでずっと付き添ってくれていた妻に、この十日間の心労をねぎらおうと声をかけた。

「明後日早朝からの手術に備えてゆっくり休養してほしいので、明日は病院に来なくていいよ。術後は何かと大変になるだろうからよろしく頼む」

いつになく神妙な気持ちになった。とにかく、この異国の地で、妻以外に本当に頼れる人がいないことだけは明らかだった。

手術前日は朝から絶食だった。緊張が高まる中、けっこう忙しかったと記憶している。レジデントの医師の顔見せ、看護婦による検温、血圧測定、そして看護士による剃毛《ていもう》（日本のような若い看護婦による剃毛はアメリカでは稀だという）。看護スタッフのほか、ボランティアもいる。そういった、いろいろな人たちが私のところに巡回してきては、

「ご気分はいかが？」

と尋ねてくる。私が、

「手術を前にいろいろ考えることも多く、上々だ（ファイン）とは言えない」

と答えると、中には心配して、

「どこの調子が悪いのか。どうしてほしいのか」

と、聞いてくれる人もいる。しかし、それ以上は適切に表現できず、

「大丈夫、心配ご無用」

と言わざるを得なかった。

前日にドクター・スワンに指摘されたように、確かに言葉の問題はあった。人々が訪ねてくる合間をぬって辞書とメモ用紙を用意し、手術に備えて質問や要望などを思

いつくままあれこれ書き留めてみた。しかし、病状について、特にさまざまな痛みや苦しみ、便通の状態をどう表現すべきかはとても思い浮かばなかった。結局、「何とかなる」と腹をくくってギブアップした。そのとき初めて、

（日本の病院で手術したほうが良かったかもしれない）

と少し後悔したものである。

ただ、言葉の不安はあっても実際にはさほど困ったことはなかった。というのも、ドクターからスタッフまで、何かを説明した後で必ず、

「質問があればご遠慮なく」

と聞いてくれたからであった。こちらがたどたどしい英語で問いかけても、誰もがていねいに答えてくれるので本当にありがたく、感心したものだ。

そうこうしているうちに、いよいよ手術当日の二三日になった。朝は五時半に起床。浣腸の後、シャワーを浴び、髭《ひげ》を剃《そ》って手術着に着替えた。スッキリしたところへ、われわれ夫婦の苦境を察し、妻の重圧を少しでも和らげようと、二人の上司夫人が車を運転して、妻を連れてきてくださった。手術までの間、みんなでしばらく歓談した。麻酔の前投薬の後、ストレッチャーに載せられた。そして彼女らの、

「頑張ってください」

の声に送られて、私は一階にある手術室へ運ばれていった。

手術室に入ってからも、ドクターやスタッフたちが笑顔で声をかけてくれた。緊張感も少し和らいだ。ドクター・スワンの、

「さあ、始めます」

という声と同時に、点滴セットから冷たい睡眠薬が入った……と感じた瞬間、私は眠ってしまった。

手術は二時間半で終わった。その後二時間ほどで状態も落ち着いたので、妻はドクター・スワンに呼ばれ、簡単な説明を受けていた。

「がんは周囲のリンパ節も含めて、完全に摘出しました」

その言葉を聞いて妻は、手術が問題なく成功裏に終わったと確信をもったようだ。

私の意識が少し戻ったのは、昼を過ぎてからであった。ＩＣＵ（集中治療施設）に入れられていた私の耳元で何か英語が聞こえた。わかったのは、

「Perfect（完璧《かんぺき》です）」

という言葉だけ。しばらくして、妻と二人の上司夫人が現れ、

「先生は、『手術はうまくいった。がんは全部取れた』とおっしゃっていましたよ。どうぞ、ゆっくり休んでください」

と呼びかけてくれた。

麻酔から完全に覚めたときには、すでに夕刻だった。四〇度の高熱が出て、しかも

傷の痛みがひどく、私は、

「Hot（暑い）」

「Painful（痛い）」

という単語を連発するしかなかった。看護婦は、

「わかった」

と言って検温し、体を拭《ふ》き、氷枕《こおりまくら》を替えてくれた。痛み止めは三時間おきに肩に注射する方式であった。後に日本で手術をしたときは硬膜外麻酔という全く痛みのない処置を受けたのだが、それとは大違いで、かなりの痛みが残った。

しかしひどい痛みも一晩ですっかり楽になり、翌朝にはＩＣＵから車椅子で病室に向かうことができた。てっきりストレッチャーに載せられてくると想像していたらしい妻は、予想以上に元気な私の姿を見て驚いた様子であった。

私が運ばれたのは四人部屋だった。隣のベッドはヒスパニック系の患者らしく、家族が四、五人見舞いに来ており、ひっきりなしに大声のスペイン語で会話していた。そのあまりの騒々しさは、手術直後の私にはとても耐えられるようなものではなかった。そこで妻に頼んで、個室に変更してもらうよう病院側に伝えた。病院の事務所から戻ってきた妻が言うには、個室はあるにはあるが、そこへ移るにはアメックスのクレジットカードが必要で、しかも部屋代は一日四百五十ドル（当時のレートは一ドル＝二

五〇円だから約十一万円）だという。考えてみれば、彼らから見れば私はえたいの知れない東洋人の患者に過ぎないのだから、アメックスのカードという保証なしには、個室に入ることなど当然無理なことなのかもしれない。だが、それにしてもなんという値段なのだろう。

結局、銀行からの医療費援助があったために個室に移ることはできた。しかしこの一件で、アメリカでの入院費用の高さと、アメリカがいかにカード社会であるかを再認識した。

日本では病院での順番待ちや入院待ちというひどい現実があるが、ある程度以上の水準の医療を誰でもほぼ等しく受けることができる。アメリカは医療の水準は相対的に高く、病院も快適である。他方、医療保険制度は国民皆保険の日本とは異なり、民間の医療保険が中心となっている。その結果保険でカバーされる治療にさまざまな制約があり、必要な治療が十分受けられないケースも生じている。保険のカバー率を上げようとすれば必然的に保険料が高額になり、結局貧富の差がそのまま受ける医療の差に現れてしまう。その点では日本の医療制度は充実していることを認めざるを得ない。日本とアメリカの良い点、悪い点をあれこれ考えさせられる出来事だった。

手術の二日後には、最も苦しく気分が悪かった胃管（鼻孔から喉《のど》・食道を通って胃に入っていた）が取り外され、さらにその翌日には尿管が外された。日本の病院ではとうてい考えられないことだが、三日後から食事も一気に普通食になった。メニューも実に豊富だった。四日後の二七日には、自分でも信じがたいほど、非常に体調がよくなった。恐る恐る初めて見た手術の傷口も意外と小さかったことで安堵《あんど》し、早くも退院を心待ちするまでになっていた。

生存率二〇%

二七日の夕方、ドクター・スワンが現れた。いつもは病室に入ってきても立ったまま話しかけ、傷口を見ていく彼が、その日はどうしたことか、ベッドの横の椅子に座った。私はいつもと違う彼の動きに一瞬不安になった。ドクターは、おもむろに静かな口調で説明を始めた。

「ミスター関原。二三日の手術で摘出したがんと、周辺のリンパ節の病理検査の結果が届きました。実はリンパ節にがん細胞が認められました」

と言って、メモ用紙に図解して説明した〔次頁図①〕。

「ドクター、それは何を意味するのですか」

「ミスター関原のがんは、早期ではなかったのです」

「もう少し、具体的に説明してほしいんですが……」

「転移・再発のリスクが高いということです」

図①

ドクター・スワンの書いた図解説明。切除したがんの周囲にあるリンパ節に、転移があったことを示している。

「どの程度ですか」

「転移・再発の可能性が極めて高く、統計的には、五年生存率は二〇％程度です」

「二〇％ですって？　では私はどうすればよいのでしょう」

「二〇％はあくまで統計上の数字です。今回の手術は完璧ですし、予定通り退院でき、すぐ職場にも復帰できるようになります。その頃から化学療法の開始を考えています。この治療については、専門医とも相談して説明しますから、まず退院して体力と健康の回復に努めてください」

「五年生存率二〇％」という数字はあまりに衝撃的だった。新谷先生に初めてがんを宣告されたときとは比較にならないほど、厳しい打撃だった。久しぶりの普通食で嬉《うれし》しいはずの食事にも、手をつける気にはとうていなれなかった（後日、病院の病理リポート〔次頁図②〕を見て、切除した十三個のリンパ節のうち七個に転移があったことを知る）。

「生存率二〇％。つまり俺は近い将来、死ぬ確率が極めて高い」

目の前に突きつけられた厳しい事実について、私はその夜、ひたすら考え続けた。そしてまず両親に、この事実を伝える手紙を書いた。体力を回復するために眠らなければと目をつむるのだが、心臓の鼓動が激しく、とても眠れなかった。深夜零時を回って、初めてナースステーションに行った。看護婦に、ドクター・スワンに生存率について告げられたことを話し、とても眠れないからと睡眠薬を所望した。看護婦は、

「まだ転移が決まったわけではないから、あまり心配しないで」

と私を慰め、睡眠薬を二錠渡してくれた。何も考えずにその薬を飲み込むと、私はいつの間にか眠りに落ちていた。

ボランティアたち

リンパ節転移を告げられた翌日、美しい女子高生のボランティアが私のところにやって来た。

アメリカの病院には、日本と異なり、高校生から年配者までさまざまな活動に関わっているボランティアが大勢いた。リンパ節転移のショックが癒《い》えていなかったこと

図②

BETH ISRAEL MEDICAL CENTER
10 NATHAN D. PERLMAN PLACE NEW YORK, N.Y. 10003

DEPARTMENT OF PATHO
DIVISION of ANATOMIC PATH
SURGICAL PATHOLOGY
CONSULTATION
REPORT

Patient's Name (Last First Middle)		Age	Pathology No.
SEKIHARA, TAKEO		M39	S84-14943
Medical Record No. 863361	Patient Location SICU SICU03		Date 11/23/84
Doctor CWERN, MARK MD		Service SUR	SNOP Code

TISSUE: RECTOSIGMOID

CLINICAL DIAGNOSIS: Neoplasm rectosigmoid.

GROSS:

Specimen received in the fresh state consists of a segment of large bowel which measures 30 cm. in length. The outer serosal surface is hemorrhagic. 4 cm. from one margin of resection is an area of serosal puckering which is indurated. A tumor mass is palpated which measures 4 cm. Upon opening 3 cm. from one margin of resection is an exophytic, circular, partially ulcerated tumor mass which measures 4.5 x 3.5 cm. The remaining mucosal surface shows the usual rugal pattern and is otherwise unremarkable.
REPRESENTATIVE SECTIONS SUBMITTED. NINE CASSETTES.

D. Goldstein/bc

DIAGNOSIS:

Sigmoid colon:
Infiltrating well to moderately differentiated colonic adenocarcinoma invading pericolic fat. No tumor at margins.
Metastatic carcinoma in 7 of 13 lymph nodes.

SUMMARY COLON CARCINOMA

TYPE OF GROWTH:	Exophytic
TYPE: (Microscopically)	Adenocarcinoma
LOCATION:	Sigmoid colon
DIFFERENTIATION:	Well to moderate
NUCLEAR GRADE:	II
DUKES' CLASSIFICATION:	C
TOTAL NUMBER OF INVOLVED LYMPH NODES:	7 of 13

Jonathan G. Sarlin, M.D.
Pathologist

nr
11/26/84
SNOMED Morphology code: M-81403
SNOMED Topography code: T-67700, P-1100

ベス・イスラエル病院が発行した病理リポート。リンパ節転移が13個中7、進行度合を示すデューク分類がCであると書かれている。

もあり、彼女とかわした会話はいまだに忘れがたい。彼女は、ベッドのそばに来て、

「具合はいかがですか。日本の方のようですが、何かお困りのこと、お手伝いすることはありませんか」

と話しかけてきた。

「私のような東洋の国から来た患者に、よく親切に声をかけてくれましたね。日本では、高校生のボランティア自体が少ないし、東南アジアやアフリカの国から来た人には声をかけるどころか、むしろ特殊な目で見て避けているように思えます」

「ニューヨーク、特にこのマンハッタンには、アジアや中南米から来た人がたくさん暮らしています。私のクラスにも中国人、韓国人、インド人等アジアの国の友だちが一緒にいますから、別に日本人の患者だからと気になることはありません」

「この病院で毎週ボランティアをしているのですか」

「毎週一回、二時間やっています」

「ボランティアにはほかにもいろいろあるはずでしょう。なぜ病院を選んだのですか」

「人間なら誰でも病気にかかります。そしていつか必ず死にます。自分が病気になって苦しんだときには、誰か人の助けが必要になります。幸い私は、現在は両親も兄妹も一緒ですが、いずれ離れてゆき、私も誰かに助けてもらうことがあるはずです。そ

のためにも、今自分にできる手助けをしておきたいのです」

塾通いに追われ、自分のことだけで精いっぱいの日本の高校生からはたぶんこんな話は聞けまい。彼女の生き方に、アメリカの良き一面を見た気がした。

おそらくキリスト教の影響なのであろう。アメリカには人種差別、貧富の格差など、平等社会の日本とは比較にならない深刻な社会問題がある一方、老若男女を問わず、世のため人のために犠牲を払う心豊かな人たちが少なからずいる。彼らは社会のリーダーとなったり、地域を支える大きな役割を果たしたりしている。事実、私の友人の中にも素晴らしい人たちがいて、闘病の大きな支えとなってくれたものだ。

退院後、私と同じアパートに住む悠々自適の老人ドクター・フロストに女子高生の話をした。彼は元医者で、私の留守中にけがをして途方に暮れていた妻を見かけて救急病院に運び、緊急手術の手配をしてくれた恩人である。私の話を聞いた彼は、アメリカ人のライフスタイルという観点からこう説明してくれた。

「若いときにボランティアを体験して、自分が年を取ったり病気になったりしたときに他人の助けを借りて生活するのも、アメリカでは当たり前のひとつの生き方なんだ。アメリカでは、成人して家庭をもった子供と同居する親はいない。老人たちは夫婦や、あるいは一人で暮らすのが普通だけれど、温暖なフロリダやアリゾナに移ってコミュニティーを作り、お互い助け合ったり、ボランティアの手を借りて生涯を終えたりする老人たちも多いんだ」

ドクター・フロストは、アジアとの比較もしてみせた。

「アジアの大家族主義の下では、病気になれば家族で支え合うことができるはずだ。それは素晴らしいことだとは思うが、その中には必ず犠牲者が出る。親の介護のために子供が自分の人生を犠牲にするのは、真に美徳と言えるのだろうか。アジア的な家族主義がこれから先どうなっていくのか、非常に興味深いね」

本当に良きアメリカ人である彼が十五年も前に語ったこの話を、高齢社会の介護問題が報じられるたびに私は思い出している。

混乱の日々

ボランティアとの出会いで心なごませた一方で、十二月一日に退院するまでの間、「五年生存率二〇%」という数字は、私の頭を離れなかった。しかし、自分でわかるほど早く体力は回復したし、見舞客が口々に、

「信じられない回復ですね」

とか、

「本当に腹を切ったのですか」

などと言ってくれることで、その数字が半信半疑になることもあった。

目の前に数字を突きつけられても、私はまだその本当の重大さをわかっていなかったのだ。五十代、六十代の人とは違い、当時の私は三十代であり、「死」はまだまだ遠く、それについて具体的に考えることもなかった。さらにがんについての知識もなかった。そのため二〇％という数字の重みを、十分に理解することができなかったのである。

十二月一日、退院の日を迎えた。病院に車を呼び、午前中に病院を出た。退院直前の体重は、入院直後に比べてわずか二キロの減少に過ぎなかった。自宅に戻って鏡に全身を映して見てみたが、以前とは変わりがなかった。とても手術後のがん患者には見えないと安心した。だが、手術がこんなに簡単で楽なものなら、なぜもっと早く診察を仰がなかったのだろうか。それればかりを悔やんでいた。

退院後しばらくして、入院していた病院のほか、ドクター・スワン、手術を担当した麻酔医などから、銀行あてに別々に請求書が届いた。銀行が社員のために加入している保険で大半はカバーされるとは言え、あまりに高い医療費には驚かされた。今でも記憶に残っているのは、麻酔医からの請求で、なんと三千五百ドル（当時のレートで約八十八万円）という高額であったことだ。

アメリカでは入院費用の支払いは、部屋代を除いて保険会社経由で契約者の勤務先に請求書が回ってくる（治療ごとに保険のカバレッジ〔適用範囲〕が異なる）。日本との決定的な違いは、アメリカの一流病院では、病院が各医師のキャリアーや技術を厳しく審査したうえで彼らと個別に契約し、医師は病院の医療設備を使って手術や治療を行っていることである。日本のように、医師が病院に所属したり勤務したりして、病院から給料をもらう方式ではなく、新谷先生のように自分の診療所を持っている医師が一般的だ。普通は自分の診療所で通常の医療行為を行い、入院や手術など、大がかりな医療が必要になれば、契約している病院を使うというシステムなのである。

退院後はしばらく、自宅療養の日が続いた。傷口の少しの痛みは無視して、朝夕はアパートの長い廊下や階段を、日中の日差しが暖かい時間はひたすら外を歩き回って体力の回復に努めていた。しかし、黙々と歩いている最中も、私の頭の中はただひとつのことでいっぱいだった。

果たしてこれからどうすればいいのか、ということである。化学療法とは一体どんなものなのだろう。それはどれくらいの間続けることになるのか。転移や再発とは、どのように起こるものなのか。

私にはがんについての基本的な知識や情報がなかった。そのことからくる不安や焦りがあった。そして何より、いつ死に直面してもおかしくないような状態で、やりかけている仕事をどうすべきなのか。日本に一刻も早く帰るべきなのだろうか、それとも……と、日々混乱するばかりであった。

千葉敦子さん

入院した頃から、「週刊朝日」誌上でジャーナリスト千葉敦子さんの新連載「女ひとりニューヨークで闘う」が始まった（一九八四年十一月二日号から五回シリーズ）。ここニューヨークで乳がんが再々発し、化学療法を始めたという苦しい闘いの報告であった。これから化学療法を始めるというのに、その知識や情報がない私にとっては、極めて参考になるものであった。

実は千葉さんと私とは、旧知の仲であった。

最初に私が彼女と知己を得たのは、一九八一年。場所は東京・有楽町の外国人記者クラブであった。当時、私は興銀の営業部で日産自動車を担当しており、投資銀行の友人から、当時の日産社長であった石原俊《いしはらたかし》氏が日産の世界戦略について語るスピーチランチに招かれた。そのとき、「ウォールストリート・ジャーナル」紙の記者をしていた彼女とたまたま隣り合わせとなったのである。そのときに名刺交換をし、後で食事をしたのが交流の始まりであった。

私たちにはいくつかの共通点があった。まずはお互いの父親が、共に読売新聞の論説委員をしていたことである。そして私は北京、彼女は上海と、共に中国生まれの引き揚げ者であった。また、彼女は興銀の幹部と知己があった。そんな偶然が重なり、互いに親近感を覚えていた。彼女は私より四つほど年上であり、私にとっては「お姉さん」という感じで、親しみもあった。

しかし、日本を離れてからしばらく疎遠になっていたため、「週刊朝日」の記事を見つけるまで、彼女が自分と同じニューヨークにいるとは知らなかった。しかも同じこの街で、同じ病で闘病しているとは……。

記事には、彼女のニューヨークでの住所が掲載されていた。彼女と連絡を取りたいという人からの問い合わせが編集部に相次いでいたからだ。そこでまずグリニッジ・ビレッジにある彼女の自宅に、自分がニューヨークにいること、大腸がんで手術をしたことなど手紙にしたためて送った。そしてさらに数日後、今度は直接電話をしてみた。化学療法についての情報を求め、自分が抱えている悩みや今後の治療方針について、先輩患者としての率直な意見を求めてみたのだ。

彼女は、私が同じニューヨークに暮らし、がん治療を受けていることを知って、やはり大変驚いていた。化学療法の副作用で苦しんでいた時期にもかかわらず、見舞いの言葉と共に、貴重なアドバイスをたくさん私にくれた。

電話をした翌々日のことだった。彼女から一通の手紙が届いた。

私のその後の長く苦しいがんとの闘いに決定的なインパクトを与えた、非常に貴重な手紙であった。

「関原健夫様
昨日のお電話で意を尽くせなかったような気がして、これをお送りすることにします。ただいま十二月五日午前○時二五分です。もうくたくたなのですが、あなたからお手紙をいただいてしまった以上、もはやあなたの人生と無関係ではなくなり、これを書かない限り、眠れそうもないので、こうしてワープロに向かっています。

お電話での会話で、実は一番気になったのは、あなたがご自身の状況を十分に把握していらっしゃるのかどうか、という点でした。

たとえば、日本にお帰りになって『閑職に置いてもらう』ことは、本当にあなたがいまなさりたいことですか？

ほかの病気でしたら、手術が成功したことは九分通り闘病が終わったことを意味するでしょう。でも癌の場合は、闘病はこれからなのです。そして、重要なことは『治療は成功するより失敗する確率の方がずっと高い』ということを認識しておかなければならない、という点です。これは厳粛な事実です。

もちろん、私たち癌患者は治療が成功することに賭《か》けて生きているわけです。でも人生の設計を治療の成功だけに基づいて立てておいたのでは、そういかなかったときの失望が大変でしょう。医師を恨んだり、肉親を恨んだり、自己嫌悪に陥る結果になるのです。そして絶望のどん底で死を迎えることになるのです。

癌患者はふた通りの人生設計を持たなければなりません。治療が失敗した場合と成功した場合と。そのふたつの仮定に立って、いま自分にとって何が一番大切か、を選ばねばならないのです。もし、五年生きられたら、本当にもうけものなのですからね。

同封のコピーをごらんください。私の場合は乳癌の最も初期でリンパ節転移ゼロでした。それでも治癒率は八割、つまり十人中八人しか助からない。で、私は二度も再発しましたから、助からない方の二人にはいる可能性が高いわけです。あなたの場合は、どのへんにあるのかを、しっかり頭にお入れになってください。

私の経験と数百人の癌患者との会話を通じて、次のプラクティカルな方法が大変効果のあることを知っておりますので、お伝えします。紙に、何を自分が一番したいかを書き出すのです。もし十年生きられるとしたら。五年だとしたら。二年だとしたら。十でも二十でもやりたいことを書き出して、priority（優先度）をつけます。私は一年と六カ月のプランも作っています。最初の六カ月生きられたあとの喜びは忘れられません。

つまり『もし治ったら』『治ったときには』という幻想の世界に住んでいたのでは、そうならなかったとき（その方が確率は高いのに）の幻滅が大き過ぎることを指摘したいのです。

この手紙があなたをdepress（落胆させる）しないことを願っています。現実をしっかり踏まえてこそ人間は強くなるのですからね。カラ勇気はいずれ馬脚を露《あらわ》します。Nietzsche（ニーチェ）のことば、That which does not kill me, makes me stronger（私に死をもたらすものでない限り、何であれ私をより強くする結果となる）をあなたにもお贈りしたい。

夜も更けました。もし御希望でしたら、私の癌に関する著作をお貸しします。もちろん人はそれぞれの人生観を持っているわけですから、あなたが私と違う考え方を持っていらっしゃることは大いにあり得ることですし、どのような理由であれ、お読みになりたくないかも知れませんので、御希望がなければ送りません。

あなたのよりよい人生のために、この手紙が小さな貢献ができれば嬉しく思います。

千葉敦子」

彼女の手紙を読んで、自分の状況がいかに深刻であるかを改めて再認識させられた。それまでの自分のがんに対する考えが本当に甘いものであったことを知ったのだ。

「自分はこんな状態なのか」

厳しい数字を突きつけられたことはショックではあったが、彼女を恨む気持ちなど全く起こらず、逆に感激した。死ぬほど苦しいという化学療法の副作用に耐え、自分のことさえままならない身でありながら、深夜、私のためにこのような手紙をしたためることができる人間は、彼女以外に絶対いない。彼女のすごさを改めて思い知った。

手紙には英語の医学雑誌のコピーが同封してあった。そこには、ドクター・スワンが説明してくれたのと同じことが書いてあった。私の大腸がんは、その進行度合を示すステージでは、リンパ節に転移があるデュークC（デューク博士による分類。Aが早期、Dが末期）。その場合の生存率は、二〇％以下とはっきり記述されていた。

「生存率二〇％以下」

その言葉を、慣れない英語を耳を通して聞いて理解するのと、目で文字を通して確認し理解するのとでは、受けるイメージが相当違っていた。目で見る文字からは、耳で聞いた以上に厳しい状況がひしひしと伝わってくるのだ。

「関原さん、あなたはあと五年生きられないの。そのことを十分認識して、今後の人生を考えなさい」

彼女はそう警告を発してくれているのだと、容易に想像できた。

ただ一方で、人生の中でやりたいことに優先順位をつけることなど、サラリーマンの身にはしょせんは不可能だという気持ちもあった。がんのせいで六カ月、一年、二年、五年と区切られた命であっても、だからといって自分の人生を差し替えるわけにはいかない。六カ月、一年と言われて、一体何ができるというのか。残念ながら具体的な行動としては、何もできないのではないだろうか。生存率が二〇％という数字を突きつけられてもなお、これほど元気に過ごしていた私には、自分が置かれた現実を受け入れられない気持ちもどこかにあった。

帰国を決意

前後して父からも手紙が届いた。

「さゆりさんからの手術成功の報せにホッと胸を撫《な》で下ろした矢先、病理所見の結果、必ずしも早期発見でなく進行がんであったという報告を受け、衝撃を受けました。今頃は既に退院し、自宅で静養に努めていることと思いますが、手術が無事に終わったにも拘《かか》わらず、再発などをただちに心配せざるを得ないとは、誠に苛《か》酷《こく》な宿命です。

今一番大切なことは、再発防止と万一不幸にして再発した場合に備えて、ベストの対応を取ることです。仕事は二の次にして、手術後の治療とフォローが一段落し、体力も戻ったところで、帰国することを勧めます。せっかくのニューヨークでの活躍を断念して帰国することには抵抗もあり、また将来の銀行でのキャリアーにもマイナスになることはあるかもしれませんが、それも大した問題ではありません。大切なことは、子供もない二人にとって、ともかくこの苦境を乗り切ることだけです。幸い再発もなく年月が経《た》てば、再びニューヨークで活躍する機会も訪れることでしょう。『がん』との戦いは並大抵のことではありません。さゆりさんにとっても、肉親や親しい友人も乏しい異国でお前の健康を心配し、再発の不安に耐えて生活することは、想像を絶する負担となることは明らかです。冷静な二人のことですから十分相談し、仕事も十分義務は果たし、新谷先生のアドバイスもいただいて決めてください」

まもなく出勤再開になる直前の十二月十二日、新谷先生を訪問し、がんの発見から手術、そして無事退院することができ、来週から出勤できるまでに至ったことに対してお礼を申し上げた。その後、ドクター・スワンから極めて高い再発率を告げられて絶望的な心中にある、何とか助けてほしいと率直に話してみた。すると先生は、

「アメリカでは医師は、訴訟などさまざまなリスクを回避するため、診断結果をより厳しく説明するのが一般的なのです。病理検査の結果は聞いていますが、この二〇％というのはあくまで統計です。二〇％の中に入れば百％助かるわけですし、今後転移するかしないかは、誰にもわかりません。この数字だけで、決して絶望的になる必要はありません」

と慰め、激励してくださった。

「先生、日本に帰って治療したほうが良いでしょうか。それともここにとどまって治

療を受けながら、仕事を続けることができますか。いかがでしょうか」

「関原さん、あなたはどうしたいのですか」

「自分にはここでの仕事が面白いんです。せっかくの機会でもありますし、できればもう少しここに残って治療しながら仕事をしたいと思います。そのほうが日本にいるより周囲のさまざまな雑音にさらされることも少なく、自分にとって好ましい気がします。だから可能なら、今しばらくここで仕事を続けたいと思うんです。その一方で再発率が相当に高いことから、再発すれば永久に日本に帰れない恐れもあって、決断がつかないのです」

「いろいろな考え方がありますが、最終的には関原さんが決める以外にないでしょう。私は、転移したときのことを考えれば、やはり帰国されてはと思います。ただ、急いで帰る必要はありません。近々始まる化学療法を終えてからの帰国で十分です。仕事については、がんを摘出した以上、すべて従来通り続けて大丈夫です。がんは静かに休養していれば再発しないというようなものではありません。大切なことは、今まで通りアクティブに仕事をし、心身ともに充実した生活をキープすることです。日本では、大病したら一、二年は閑職についてノンビリするケースがよく見られますが、それは間違いです。私はこの年末に日本に帰国しますので、そのとき、銀行の人にも説明してあげましょう。また、ご両親にもお会いして、手術の状況を解説いたしましょう」

この新谷先生の言葉は決してリップサービスではなかった。この年の父の日記には次のように記されている。

「十二月二十七日　快晴、寒し。七時四十分、ホテルからタクシーでキャピトル東急へ。大槻《おおつき》さん（妻の父）先着。八時、新谷先生と食堂で落ち合い、朝食を共にしながら話し合う。

①手術は転移部位（リンパ節七か所）を含め完璧。

②その後の化学療法も順調。

③米国では化学療法は「５ＦＵ」一種類しか認められておらず、日本で治療するほうがよい。

④特別急がないので、三月末帰国で十分。

⑤治療は通常勤務をやりながら十分やれる。本人が普通以上の体調なのでその点がプラス要因である。

等の説明があった。新谷博士は六十人もの患者が東京で待っており、看護婦まで伴っての来日に驚く。多忙な中で、こうした説明の機会をもうけて頂き、健夫の様子・状態がよく判り、京都から上京して本当によかった……」

その週末、悩みに悩んだ末、自分なりの結論を出した。

帰国しよう。

高い再発リスクを抱えて、ニューヨークという激戦地で仕事に打ち込める自信はもてなかった。銀行や職場の同僚、部下にも負担をかけたくない。また、父の手紙の通り、今一番大事なことは仕事でなく、がん再発に万全の備えをすることである。妻にもこれ以上のストレスをかけ続けることはできない。

一方でもうひとつの覚悟も固まった。帰国してからの仕事のことである。サラリーマンにとって最も大事な時期に海外で病に倒れたため、閑職に回されて行内における将来の希望がなくなることもあり得る。それも覚悟した。

そして、千葉敦子さんに手紙を書いた。新谷先生と相談の上、治療を受けつつ仕事を続けるという方針を伝え、一度会って話がしたいと記した。

すぐに彼女から返事が届いた。

「お仕事を続けながら治療なさるようで（日米どちらにしても）喜ばしく存じます……」

私の判断を当然のことと受け止めてくれたようだった。そして手紙にはさらに、化学治療について、私が知らなかった貴重な情報が多く記されていた。

その後、帰国までの間に千葉敦子さんとは三度会った。そのうち二度は、彼女の住まいのすぐ近くにあった、グリニッジ・ビレッジの小さなフレンチレストランだったと記憶している。ちょうど寒い時期で、彼女の体調があまりすぐれなかったこともあり、温かいスープと魚を少し口にしながら話せる店を選んだのであった。

その頃の彼女は再々発してはいたが、まだ比較的元気であった。ジャーナリストとして燃えている時期で、いろいろなテーマで記事を書きたがっていた。会ったときにも、話題は彼女が書きたいと思っていた「日本論、日本人論」が中心であった。闘争心に燃えた、ジャーナリストとしての厳しい口調とはうって変わった静かで穏やかな口調の彼女と、あれこれ議論した。テーマは日本に対する批判、そして日本女性の生き方などが主であった。今では普通に言われているようなことかもしれないが、当時はアメリカで長く生活していた彼女らしい進歩的な考え方であった。

もちろん、がんについての話もした。私が最も知りたいと思っていた化学療法については、副作用はさまざまで受けてみなければ何とも言えないこと、消化器のがんには、化学療法の効果が比較的少ないことなど、非常にためになることを教えてくれた。

彼女は常に死を覚悟して生活していた。彼女の手紙や会話を通して、私は「一期《いちご》一会《いちえ》の気持ちで、日々真剣に生きること」の大切さを心に刻んでいた。

十二月十七日（月曜日）、出勤を再開した。この日から完全に通常勤務に戻れた。職場の同僚や部下は、手術したというのにあまりに元気な私の姿に啞然《あぜん》とした様子だった。米国人スタッフは、

「退院おめでとう。入院前のミスター関原が帰ってきた。全く変わっていないのに驚

いた。入院前の働き蜂《ばち》に戻らないで」

といったさまざまなお祝いや励ましの言葉をかけてくれた。日本人はやはりこのような言葉は不得手のようだ。病院や自宅に届いたカードも米国人からのものが多かった。苦境にあるときの励ましの言葉や手紙・カードは本当に嬉しかったものだ。それは後々まで入院のたびに考えさせられることだった。

そしてその日、吉岡範英《よしおかのりひで》支店長に私の希望を伝えた。

「このたびの手術はおかげさまでうまくゆき、短期日に元気で職場復帰ができました。ただ、『今後問題なし』ではなく、定期的な診察、検査は不可欠との診断で、新谷先生も日本に帰ってフォローするほうが良いとのご意見です。ニューヨークでの仕事・生活への思いは人一倍強く、本当に残念で断腸の思いですが、帰国させてください」

「私も君ともう少し一緒に仕事をしたい気持ちは山々ですが、今は君の健康を最優先に考えるときです。新谷先生のアドバイスに従い、帰国されてはと思います。元気であれば君のニューヨーク勤務はいつでもウエルカムです」

このような温情溢れる言葉で、吉岡支店長には帰国を了解していただいた。

化学療法開始

まもなく、化学療法が始まった。治療はドクター・スワンに紹介された、化学療法の専門医師ドクター・ボーゲルの診療所で行うことになっていた。彼の診療所はパーク街の百十二丁目にあり、同じパーク街の四七丁目にある興銀ニューヨーク支店からは車で十五分という便利な場所だった。

　ドクター・ボーゲルは、大柄で頭が禿《は》げ上がった、落ち着いた話しぶりの医師だった。最初に訪問したとき、すでにドクター・スワンから必要なデータはすべて届いており、私の手術結果も熟知していた。互いの自己紹介の後、私が受ける化学療法について治療の説明を受けた。

「使用する抗がん剤は『5FU』で、七~十日に一回一〇〇〇mg、合計十回投与します。ただし毎回血液の検査を行い、その結果いかんで中止することもあります。副作用は人によりますが、『5FU』の場合はあまり心配する必要はないと思います。もし副作用が激しいときには抑える薬もありますし、吐き気止めだけは今日処方箋《しょほうせん》を差し上げるので、薬局で買い求めてください。しかし大腸がんに著効《ちょこう》のある抗がん剤はなく、『5FU』を投与することで再発リスクが大きく下がるわけではありません。ただ、がんの増殖を抑える効果は期待できます」

　説明が終わると、早速、いかにもベテランらしい黒人の看護婦が、私の耳たぶにごく小さな傷をつけた。そこから出たわずかな血を試薬に落とし、白血球の数を確認の上、「ノー・プロブレム」とドクターに伝えた。するとドクターは「バタフライ」と呼ばれる点滴用の細い注射針を手の甲の静脈に刺し、抗がん剤をゆっくり注入した。

そのやり方は十回の治療を通していつも同じであった。注射をしている七、八分の間、ドクターは緊張を和らげるため、自分の趣味や今年の休暇の話、ときには元気ながん患者の話なども聞かせてくれ、アメリカの医師の一端を知ることができた。

毎回副作用を心配していた私は、診察の最終時間である五時に予約し、終わった後は真っすぐ自宅に帰ることにしていた。だが、千葉敦子さんの場合とは全く異なり、私の副作用は、幸いにも若干の吐き気程度に治まり、週末にはテニスも楽しめるほどだった（このことは彼女の著書『ニューヨークでがんと生きる』の中に紹介されている。「……化学療法の副作用は、だれにでも必ず出るわけではない。軽く出る人もあれば重く出る人もある。ニューヨークに住むある大腸がん患者の日本人ビジネスマンなどは、５ＦＵという代謝拮抗《きっこう》剤を十日に一度注射しているが、治療後軽い吐き気を覚えるくらいで、体調に変化なく、ゴルフやテニスも楽しんでいる……」）。

ただ、たった一度、ひどい吐き気に襲われたことがあった。日本からやって来た取引先の接待のために、注射の後で日本レストラン「新橋」に戻ったときのことだ。天ぷらを食べたとたん急に吐き気を覚え、トイレに駆け込んだ。そのときは、

「やはり営業課長を続けるのは無理なのかもしれない」

と思い、少々寂しくなったと記憶している。日ごろはそんな気持ちになることなど

なかったのだが、副作用に襲われて弱気になった。せめて治癒率がもう少し高ければ……と思ったものである。

十回の治療が終了した後、ドクター・ボーゲルに化学療法のリポートを依頼すると、ドクター・スワンあてに気軽に書いてくれた。そこには、

「ミスター関原は、５ＦＵの効果と限界を理解している」

と記されており、同時にこの投与を一年続けることが勧められていた。

帰国の準備

帰国は一九八五年三月下旬の予定でほぼ固まりつつあった。日本に帰ると決意してから、残り三カ月しかない。

最大の問題は、化学療法を受けながら、残り三カ月となった貴重なニューヨーク生活をいかに有意義に過ごすか、ということであった。

仕事については、自分がニューヨークで仕事をした証《あかし》となることをひとつでも残そうと心してかかるようにした。年が明け、八五年に入ってからは積極的に米国各地に出張もするようになった。

前年就任したばかりの中村頭取、石原海外本部長（当時。後に副頭取）とヒューストンで夕食を共にしたときには、お二人から、

「心配していたが、こんなに元気とは」

と声をかけていただいた。確かに、体重もさほど減っておらず、いかにもがん患者というようなやつれた外見ではなかった。「生存率二〇％以下」という数字と、全く元気な自分とのギャップに、自分でも病気であることを忘れてしまいかねないほどであった。いや、

（こんなに元気なのだから大丈夫）

と自分に言い聞かせて、ひたすら仕事に励んでいたと言うべきかもしれない。漠とした不安はずっと抱えていた。

休日も、プライベートな良き思い出を少しでも増やそうと思っていた。仮に今後日本に帰って再び病床に臥《ふ》し、苦しむことがあったときにも、ニューヨークでの思い出が闘病の支えになるかもしれない。そんな思いから、ニューヨークの冬の風物詩であるオペラや音楽会を貪欲《どんよく》に楽しんだ。メトロポリタン・オペラでは、テノールのプラシド・ドミンゴが全盛期の美声を誇っていた。カーネギーホールでのクラシック・コンサートにも出かけていった。

心に留めておきたかったのはニューヨークだけではなかった。ノースカロライナへの出張の機をとらえて、オー・ヘンリーゆかりのグリーンズボロを訪ねたときには、『最後の一葉』を思い、最後の一枚の葉を支えに闘病した主人公の姿を胸に焼きつけ

たものである。

とにかく、それらすべてが最後の思い出だと覚悟していた。もう二度と、ここへやって来ることはあるまい、と思っていた。いつでも、どんな場所へ行っても、「これが最後」という気持ちで、多くのものを脳裏に刻み込もうとしていた。

八五年三月十九日。一年九カ月暮らしたニューヨークを離れるときが来た。多くの友人や同僚と今生の別れの握手をした。しかし、彼らは私が「生存率二〇％」であることを知らなかったためであろう、誰一人として格別に感極まった表情をすることはなかった。

ニューヨークからの帰国途中、やはり最後の機会と考え、海外勤務の帰りにもらえる休暇を利用して、妻とともにサンフランシスコとハワイを訪れて数泊した。

サンフランシスコはアメリカ人がリタイアした後に最も住みたい街であると言われている。興銀のサンフランシスコオフィスはバンク・オブ・アメリカのビルの最上階に入っていた。そこから見る街の風景は、今も目に浮かぶほど見事なものであった。

私と妻を乗せた飛行機は、アメリカで最も美しいというサンフランシスコを飛び立った。飛行機は一瞬にして太平洋上空に出た。その間、私はさまざまな思いを巡らせていた。

わずか一年九カ月前、新しい生活と仕事に興奮し、夢と希望を膨らませてこの太平洋を越えてきたというのに、まさかその地で病に、しかも不治の病にかかって帰国することになるとは。人間の幸、不幸は紙一重とよく言うが、これほどまでに天国と地獄を味わうことになるとは。

　何度も越えてきた太平洋も、もう二度と越えることはあるまい。切なさと悔しさで私は涙が止まらなかった。

第二章

肝転移・再手術

日本でのフォロー

一九八五年三月二六日、アメリカから帰国した私は、翌日には早速、新しい職場である総合企画部に出勤した。長らく営業畑にいた私にとっては、スタッフ部門である総合企画部への異動は予想外であった。

しかし、総合企画部は急速に進む金融の自由化・国際化の中、世界的な視野から経営計画を立てる部署であり、しかも取引先と毎日会うような仕事ではなかった。治療を続けながら、営業現場や海外で得た経験を生かして働けるという点で、私に最もふさわしいと銀行が判断したのだろうと理解した。

総合企画部の名取忠昭部長（後に日本証券代行会長）からは、

「あなたのことは人事部から聞いています。私は病気のことはよくわかりませんが、とにかく良い病院や医師を探し、治療の準備をしてください」

との話があった。

日本に帰国した後、どこの病院にフォローをお願いするかは最も重大な問題だった。銀行からは慶応義塾大学病院を紹介してもらえることになっていたが、私は従兄《いとこ》で国立予防衛生研究所（現・国立感染症研究所）研究員の宮村達男氏と、銀行で最も信頼する同期生で弟が外科医である上西郁夫君にニューヨークから手紙を書き、調査を頼んでおいた。一月下旬、上西君から返信があった。そこには、高校時代の同級生である国立がんセンターの土屋了介先生から聞いた話として、

「大学病院より国立がんセンターのほうが良いのではないか。言うまでもなく、がんばかり扱っており、また、大学病院と異なって手術からその後のケアまで、担当医師がすべて一人で責任を持ってやる。良い医師に巡り合えば、大学病院より行き届いた治療ができる可能性が高い」

とあった。さらに、

「土屋医師は肺がんが専門だが、大腸の専門医を紹介すると言っている。彼の腕は知らないが、人格・人柄は百%保証するので、帰国後一度会うことを勧める」

と書いてきた。また、従兄の宮村氏も、研究仲間からの情報として、これから予想される肝臓や肺への転移を考えれば、やはり国立がんセンターが良い、喜んで紹介すると知らせてきた。

一方、アメリカでの主治医であった新谷弘実先生も、私と同じ三月下旬に一時帰国され、東京・赤坂の前田外科病院で診察の予定になっていた。新谷先生からは、

「東京で前田院長を交えて相談しましょう」

と前田外科病院での再会を約束していただいた。

四月二日、同病院で新谷先生と前田昭二院長にお目にかかった。新谷先生から私の

状況を聞いておられた前田先生は、月一回の外来での診察と血液検査（「ＣＥＡ」という腫瘍マーカーのチェック）、および米国のドクター・ボーゲルの教示に従って抗がん剤５ＦＵ（二五〇mg／日）の経口投薬、そして半年に一回はレントゲンとＣＴで転移をチェックする治療方針を出された。院長自らの応対は大変ありがたかったが、私は、「再発した場合の手術のことを考えると、国立がんセンターでもチェックを受けたい」とお願いした。前田先生は、

「国立がんセンターの先生ともコンタクトがあり、関原さんがお望みなら問題ありません」と私の希望を前向きに受けてくださった。

５ＦＵのほかに、免疫力が回復するという評判を聞いていた「クレスチン」を所望すると、副作用もないため前田先生は快諾された。クレスチンは５ＦＵに比べ相当高価で、飲みにくい薬であった（クレスチンは八九年に抗がん効果がないことが発表された。多くのがん患者がこの薬にすがったのだから、製薬会社はこの薬で大儲《おおもう》けをしていたはずである。国は認可プロセスを明らかにして今後の教訓に生かすべきであり、製薬会社も儲けの多くをがん治療に還元すべきだと思った）。その日に血液検査を受けてＣＴを撮り、同病院での治療がスタートした。

国立がんセンターでのフォローは、従兄の宮村氏が尊敬する同センター研究所の三輪正道副所長と相談の結果、大腸外科の小山靖夫先生にお願いすることになり、三輪

先生から次のような紹介状をいただいた。

「小山靖夫先生

関原健夫氏（三九歳、銀行員）のご高診をお願い申し上げます。三カ月前ニューヨークで大腸がんの手術を受けその後5FUの化学療法を受けているとのことです。本人も病気について十分聞かされているとのことです。

一週間前東京に転勤になり今後の治療方針を含めて是非御高診お願いしたいとのことです。本人は大変元気であるとのことです。

関原氏は小生の研究上の知り合いである予研の宮村先生の従兄弟に当たります。

何卒宜しくお願い申し上げます。

三輪正道」

四月十日、三輪先生の紹介状、米国での資料、前田外科病院での血液検査結果とCTフィルムを持参し、小山先生の外来診察を受けた。初めて入った東京・築地の国立がんセンター中央病院には、数多くの患者が溢れていた。この人たちはすべてがん患者であり、程度の差こそあれ、みなが同じ病に苦しみ、闘病しているのかと思うと、何とも言えない気持ちになった。

小山先生は私が持参した資料をご覧になった後、

「大腸がんの場合、肝臓への転移が一番懸念されます。三カ月に一度、エコー（超音波診断器）で肝臓のチェックをして様子を見ましょう。次回は七月においでください」と簡単な診察に終わった。十一月からは、その小山先生が栃木県立がんセンターに移られたため、当時四十歳前の若くエネルギッシュな森谷宜皓《もりやよしひろ》先生に診察していただくことになった。

民間療法を探る

二つの病院でのフォローのめどがついたところで、少しでも効果がありそうな「民間療法」を試みようと考えた。まず、誰もが知っている蓮見ワクチン、丸山ワクチンを調べたが、いずれも近代医学、特に手術や化学療法に否定的で、むしろワクチンを絶対視していることに強い抵抗感を覚えた。副作用はなさそうであり、効果がなくて元々だから試そうかとも考えたが、ほかの治療との併用は良くないとのことで、断念した。

たまたま新聞広告で見つけた『99％がんは防げる』と題した本を求め、早速読んでみたこともある。「進行癌の再発は防げる」の章に、大腸がんの手術を受けたがリンパ節転移があり、半年内に再発すると診断された患者が、著者の病院で一種の温熱治療を受け、三年経っても再発の兆しなしとの例を見つけた。自分と全く同じケースだと嬉しくなり、この医師の診察を仰いだ。

彼の治療は「抗がん茶」を飲んで、一種の簡易サウナに入って発汗、玄米や菜食中心の食事を続けるというもので、初回の費用は二十万円を超えた。がんは患部の病と言うより体全体（ホリスティック）の病とのコンセプトで治療に取り組む姿勢はわかるが、世界中の医師が膨大な時間と資金を投じ、日夜研究に取り組んでいても解決されないがんが、こんな治療で防げるなら苦労はない。そもそも、新興宗教家でもあるまいし、医師たるものが『99％がんは防げる』なる題名で出版することは、冷静に考えればおかしい。一回でやめた。

もうひとつ興味をもったのは、健康人の血液からリンパ球を取り出し、これをがん患者の血管に入れ、免疫力を高めてがん細胞を叩《たた》く療法であった。横浜の病院が行っていた。何となく効果がありそうな気がしたが、血液の適当な提供者もなく、断念した。

食事療法も含めて民間療法は実に多種多様で、それらの解説書には驚異的な治療成功例が仮名で示されている。病に苦しむ多くの人たちが、藁《わら》をもつかむ気持ちですがるのはよくわかる。だが、仮名の成功例はそもそも本当の話なのか、本当であってもどんな種類のがん患者にどれくらい顕著な効果があるのかまでは示されていない。そのため、どうにも信用することができず、ほとんど試みることはなかった。

温熱療法への期待

民間療法ではないが、新しい治療法で最も関心を惹《ひ》かれたのが温熱療法だった。八五年秋の日本消化器外科学会で鳥取大学医学部第一外科の古賀成昌《こがしげまさ》教授が、温熱した血液の循環と抗がん剤の併用で末期がん患者百八十六人中、百三十二人に効果が現れたと発表したのを新聞で見つけた。特に、三九歳の男性が、結腸がんを手術したが三年後に再発、温熱療法を施したところがんが縮小して職場復帰し、二年以上たった今も元気であることが紹介されており、小躍りしたい気持ちになった。さらに、リンパ節や血行性転移による肝臓、肺などの再発性がんに有効とも説明されていた。

鳥取へ診察に出向こうと思ったが、まずは失礼をかえりみず、返信用はがきを同封した手紙を出した。私の状況を説明の上、

①私の場合の、全身温熱療法の有効性

②東京地区でこの治療が受けられる医療施設

についてのコメントをお願いしたところ、直ちに親切な返信をいただいた。

①は、明らかな転移再発が確認された患者に施されるもので、予防的に行う意義は確認されていない。②は、東京女子医大胸部外科横山教授、と記されていた。

この話を従兄の宮村兄にしたところ、

「横山教授は新潟の人でよく知っているから、必要なら紹介する」と言われ、いざとなれば頼もうと考えた。

今振り返れば、医学部の教授に見ず知らずの一患者が直接返信を求める手紙を出して何と失礼なことであったかと赤面してしまう。藁をもつかむ気持ちからの行動だったのであろう。

十二月になって、「週刊朝日」に「ハイメディック85 医療の最先端を行く――がんの温熱療法」という三ページの記事が掲載された。この中に太字のサブタイトルで「肝臓や大腸にも効果」とあり、国立がんセンターの柄川順《えがわすなお》・放射線治療部長のコメントもあった。鳥取大学の発表と合わせて、それなりに有効な治療法と確信し、少しは治療の選択肢が広がった気がした。

大統領の大腸がん

話は前後するが、帰国直後の八五年七月、当時のロナルド・レーガン米国大統領に大腸がんが発見され、手術が行われた。アメリカの有力紙や雑誌は、大腸がんについて詳しく報じた。圧巻は「ニューズウィーク」七月二二日号だった。詳細な図解入りで八ページを費やし、大統領が大腸を何センチ切除したのか、転移の可能性はどれくらいあるのかなど、生々しく記していた。自分の状況を理解するうえで、大変役立ったものである。

　私が一番興味をもったのは、「結腸がん、その事実」というサブタイトルのついた記事であった。私と同じデュークC段階での五年生存率は、どの程度のリンパ節転移があるかによって大きく異なっているというのである。転移数が三個以内であれば六〇～七〇％と高めだが、もし十個以上あれば一五～二〇％に過ぎない。私のケースは一三のリンパ節のうち七個に転移があった。そうであるなら、生存率は言われている二割よりは、もう少し高いのではと期待できた。ただし、肝臓やほかの臓器に転移があれば、九五％以上生存は無理とされていた。もし、今後肝臓や肺に転移することがあれば万事休すなのだと私は理解した。

　一方、日本での報道は、他国の大統領ということもあるのだろうが、紙面の使い方も少なく、大腸がんは食事の欧風化に伴い増えている、という程度の解説であった。ただ、嬉しかったのは、ある新聞の記事に、大腸がんの性質はほかのがんに比べて良く、治癒率も高いこと、またリンパ節転移の場合の五年生存率が七〇％（癌研究会附属病院のデータ）と、ほかのがんと比較して圧倒的に高いことが解説されていたことだった。この記事で私はかすかに希望を抱くことができたが、日米の医療記事の量と質の違いを意識せざるを得なかった。かつて故池田勇人首相の喉頭《こうとう》がんを「前がん症状」と発表した日本と、レーガン大統領の病状を詳細な図や生存率の詳しい数字まで入れて報道するアメリカ。この違いには非常に驚かされた。

日本では政治家の側も、がんセンターに入院すると〝政治生命は終わり〟とみなされるため、有力政治家は決してがんセンターに入院しないようだ。レーガン大統領もフランスのミッテラン大統領もがんを公表しつつ公務を立派にこなした。がんも半分は治る時代である。がん即政治生命の終わりとする日本の風土はぜひ改めてほしい。これは企業社会にも共通する話である。

レーガン大統領の大腸がんについては、一年前の五月にホワイトハウスから内視鏡の世界的権威である新谷博士に問い合わせがあり、適切なアドバイスをしたにもかかわらずそれが生かされなかったという新聞記事を父が見つけて、私に送ってきた。新谷先生がそんな権威のある先生と知って、父ともども良い医師に恵まれたと喜んだものであった。

自分の生き方

前田外科病院と国立がんセンターでのフォローは、前述の程度であり、仕事にはほとんど支障がなかった。また、職場の人々も私の闘病を強く応援してくれた。総合企画部担当の常務は、ご自身のがん体験を私に話されたうえで、

「大丈夫だよ。でも、忙しくてストレスの多い仕事だから、チェックだけは怠るな

よ」と温かく励ましてくださった。また、豪快にして万人への気配りで知られた副頭取が、「黙っていろよ」

と前置きして、やはりご自身の若い頃のがん体験を話され、「無理するな。だけど、仕事をしっかりしたほうが、精神的には良いはずだ」といつもの調子で激励してくださったのにも驚かされた。

しかし、私は自分の生き方について絶えず悩み続けていた。「五年生存率二〇％」を突きつけられながら銀行の仕事を続けていくことが、私の限られた人生にとって果たして最善なのであろうか。銀行を辞めるなどして思い切ってライフスタイルを変え、残された人生を何か別の道で過ごすべきなのではないだろうか。――では、その「別の道」というのは一体どんな道か。家族があり、さしたる資産もないごく平凡なサラリーマンである私に、何か特別の新しい生き方など本当にあるのか。

四十歳にも満たなかった未熟な私にとって、これは難し過ぎる問題であった。書物に答えを求めるべく、懸命に読みあさった。アウシュビッツにおける人間の限界の姿を描いたV・E・フランクルの『夜と霧』を翻訳した霜山徳爾《しもやまとくじ》・上智大教授（ニューヨーク時代の同僚のご尊父）の著作、E・キューブラー・ロスの『死ぬ瞬間』、高見順の闘病記・詩集、柳田邦男氏の『ガン50人の勇気』、岸本英夫氏の『死を見つめる心』、日野原重明氏の『死をどう生きたか』などが、当時読んで強く印象に残った書物であった。

思い悩んだ末に、ひとつの結論めいたものに行き当たった。それは、人生とは結局、その人がそれまで生きてきた人生以外のなにものでもない、ということだった。どんな偉人であっても、死期を自覚したからといって何か特別の生き方があるわけはなく、それまでと同じ人生を淡々と歩むしかない。

たとえば元駐米大使の牛場信彦《うしばのぶひこ》氏は、直腸がんが肝臓に転移して手術が無理な状態となっても、国際平和活動に尽力して世界を歩いておられた。学生時代に大ファンだった作家の高橋和巳《たかはしかずみ》も、大腸がんの再発に苦しみつつ遺作『人間にとって』を残し、自分を貫き通した。まして私のような平凡な一介の銀行員にとっては、今できること、つまり今の自分に課せられた仕事を精いっぱいやることしかないのだと思えてきた。大切なことは、毎日の生き方なのであろう。

己の地位や肩書、金銭のために他人におもねったりせず、銀行での地位や昇進に一喜一憂しないしっかりした自分を持つこと。人間誰でもいつかは死ぬ。ただし死ぬまでは与えられた仕事を必死にやるしかない――。それが、私なりに得た結論であった。

疑わしい影

一九八六年七月十四日、前田外科病院で一年ぶりに新谷先生の胃腸内視鏡検査を受診した。

「関原さん、異常はありません。大丈夫です。ゆっくり夏休みを楽しんでください」

診察後、新谷先生がそう声をかけられた。その二日後の七月十六日、今度は国立がんセンターでの定期検査に臨んだ。今回の検査と次回十一月の定期検査をクリアすれば手術から二年が経過したことになり、再発のリスクは大きく下がることだろう。体調は良く、二日前の検診が無事終わっていたこともあり、私の心には期待が膨らんでいた。

肝臓のエコー検査は二階の検査室で行われた。いつもと全く同じ場所で、同じ方法で行われたのだが、気がかりなことがあった。それまでの検査に比べて時間が長く、検査の途中で技師が何度も手を止め、前回よりはるかに多くの写真を撮っていたのである。

「何か異常が見つかりましたか」

恐る恐る尋ねてみたが、検査技師の返答は、

「検査結果は主治医よりお話ししますから」

と、ふだんと全く変わらないものであった。

しかし、私には何となく嫌な予感がしていた。ひょっとしたら転移では、という不安が心をよぎった。一人では抱えきれず、その夜、妻に打ち明けた。

「検査のときの様子がいつもと少し違っていた。もしかすると何かあるかもしれない」

七月二九日、検査結果を聞くため、いつもより早めに国立がんセンターを訪れ、森谷先生の外来診察に並んだ。順番が来るまで待つ間、私の脳裏にはさまざまな思いがよぎっていた。気を紛らわそうと持参した本を読み始めたのだが、

（転移を告げられるのではないか。もしそうならどうすればいいのか）

嫌なことばかり次々と頭に浮かぶ。心臓はドキドキと激しく鼓動し、読書などする気分にはとてもなれなかった。じっと目をつぶって落ち着こうとしても全くダメだった。とにかく耐え難く、長い長い待ち時間であった。

約二時間後、ようやく順番が来て入室すると、森谷先生は検査リポートを見ながらこう告げられたのである。

「関原さん、肝臓に疑わしい影があるようです。確認する必要がありますので、肝臓外科の幕内先生の外来診察を受けてください。診察日は明日ですから、必ず受診してください」

ふだんは冗談を交えながら明るく話される森谷先生が初めて見せられた厳しい表情に、私は不安が現実となったことを直感した。

「先生、転移ですか」

「わかりません。しかし、その疑いがあるので幕内先生の診察を受けていただきたいと申し上げたのです。結果が出るのはその後です」

先生は再び表情を崩さずに告げられた。私は部屋を出て、呆然《ぼうぜん》としたまま待合室にある椅子に座り直した。

「とうとう来るべきときが来た」

その夜、自宅にあった家庭用医学事典の肝臓がんのページを読み、転移肝臓がんの予後を知った私は、激しいショックを受けた。

――肝臓がんには、原発性と転移性の二つがある。治療は大変難しく、さまざまな治療法が試みられているが治癒率は決して高くない。手術は最近可能になったが、それは肝臓の機能が良い原発性に限られ、転移性のがんの場合、手術をしても意味がない――

そこに記されているのは、どう読んでも希望など見いだせないような厳しい現実であった。高橋たか子氏の『臨床日記』も読み直した。夫の高橋和巳が大腸がんの肝臓転移の発見後、わずか半年で逝去するまでの苦闘の日々が描かれている作品である。私も高橋和巳と同じ末期を迎えるのであろうかと思うと、暗澹《あんたん》たる気持ちになり、落ち込まざるを得なかった。

ただ、以前読んだ柳田邦男氏の『ガン回廊の朝』『明日に刻む闘い――ガン回廊からの報告』に、国立がんセンターでの肝臓がんへの取り組みが詳しく報告されていたことを思い出し、本棚から引っぱり出した。そこには大腸がんの肝臓転移手術など転移がんの手術例や、明日私の検査をする幕内雅敏先生の活躍が克明に記されていた。本が書かれた当時（前者が七九年、後者が八一年）より、さらに手術の技術は進んでいるのではないか。それだけが、抱くことのできたかすかな期待であった。

終末を実感する

翌三十日、私は再び国立がんセンターを訪れ、肝臓外科の幕内先生の診察を受けた。初対面での幕内先生の第一印象は、小柄で色白の秀才風。同時に大変明るく、自信に溢れているように見受けられた。

先生はベッドに横たわった私の腹部にエコーのプローブ（端末）を当て、肝臓の状態をモニターに映してチェックした。診察はごく短時間で終わった。

「関原さん、肝臓を拝見しました。結果は森谷先生から聞いてください。主治医から説明するのが、がんセンターのルールですから」

そう言われると幕内先生は、次の患者の名前を呼ばれた。その場で診断が下されると思っていた私は慌てて、心の中に悶々《もんもん》と渦巻いていた不安を先生にぶつけてみた。

「先生、医学事典には転移の肝臓がんは手術不可能と記述されていました。実際にその通りなのですか」

幕内先生の返答は自信に満ちたものであった。

「肝臓の手術はわれわれが研究し、始めたもので、転移のがんであっても十分可能です。手術は私も毎日のように行っています」

その答えを聞いて私は、

「ひょっとして、転移が確認されても手術ができるかもしれない」

と希望を持つことができた。振り返ればそういった医師の一言一言が、生きるエネルギーを生む光であったように思う。どんなに小さな希望であったとしても、それを持つことは人間が生きていくうえでいかに大切であるか。転移していても乗り越えられるなら手術で乗り越え、以前と同じように生きるしかないのだと、私は心を決めた。

転移の診断が森谷先生より下されたのは、一週間後の八月五日であった。それを機に万一の事態も覚悟して、私は日記を残すことにした。それは今も手元にある。八月分を適宜抜粋し、当時の私の葛藤《かっとう》を再現してみたい。

八月五日（火）
台風一過の素晴らしい快晴の下、絶望的な最終結果を聞くために、七時二五分、自宅を出る。こんな日に自分で運転するのはやや危険かとは思ったが、すでに予告も受けており覚悟もできているのでハンドルを握る。七時五五分、がんセンターに到着、順番札は五六番。十時に森谷先生に呼ばれ入室。先生から、

「幕内先生のエコーの診断によると肝臓に二つの影があり、転移の可能性が濃厚です。CTでも確認の必要がありますから、検査を受けてください。関原さんの場合すべてわかっておられるので包み隠さず正直にお話しします。すぐ手術をする方法もありますが、一カ月程度推移を見たいのです。これは転移したがんが、手術可能であるかどうかを判断するためです。転移が肝臓一面に広がって現れる多発性であれば、手術ではなく、それに合わせた治療をします」

との説明を受ける。肝臓転移がいよいよ確認された。これからどんな治療が始まるのか不安になったが、おそらく余命は長くて一年と考えておくべきであろう。それにしても生命の限界、人生の終末を本当に感じた気持ちはとても筆舌に尽くせない。

八月六日（水）
夏休みをとって京都に帰る。新幹線の中で、見慣れた景色を眺めながらあれこれ思いをめぐらせる。生まれこそ北京ではあるが、京都は子供の頃から大学卒業まで二十年近く住み慣れた、名実ともに私の故郷だ。
老後を静かに楽しんでいる七四歳の父、六三歳の母の元に、親に先立つことが確実

ながんに冒された四十歳の息子が向かっている。最後の別れになるかもしれないこの入洛《にゅうらく》を、両親がどんな気持ちで迎えてくれるのであろうか。想像するだけでも胸が痛んだ。三日間の休みの間はできるだけ楽しい思い出話をしよう。そして今まで何十回も歩いた京都の街と、東山、西山、北山を目に焼きつけ、冥土の土産にしよう。

山科《やましな》の実家に着くと両親はふだんと変わらぬ姿で、

「よく帰って来てくれた。待っていた」

と言って迎えてくれた。夕食は食べ慣れた、越後（両親の出身地）独特の味の濃い田舎料理であった。自分はこの味で育ったのだとしみじみ思った。そして両親と私のほか、祖母と姉を加えた茶の間での、家族団欒《だんらん》の様子を思い出した。良き家族の風景であった、と思う。その話をすると母は、

「あの頃は貧しい時代ではあったけれど、ほんとにいい日々だった」

と涙ぐんでいた。転移の話はお互いに切り出しにくい雰囲気であった。そこであえて私のほうから先鞭《せんべん》をつけた。

「日本の最高レベルの医師たちによる治療であり、希望を持って頑張るしかない。何とかなるからあまり心配しなくて大丈夫。しかし万一何かあってもそれも運命。親に先立つことも諦《あきら》めてほしい」

その場の不安を打ち消すかのように、一方的に喋るしかなかった。

八月七日（木）
昨日は広島の原爆記念日であった。学生時代、友人と共に反戦平和運動に加わるため、京都から広島に出かけたことを思い出した。原爆の犠牲者二十万人の中には、子供も若者も多かった。その悲劇に比べれば、四十歳まで生きられただけでも良かったと諦めよう。
実家の裏を流れる山科疎水のほとりを歩き、毘沙門堂《びしゃもん》に参拝した。ニューヨークでの手術の際、両親からここのお守りが送られてきて、病室のベッドで手を合わせたことがよみがえってきた。山科から京阪電車に乗り、蹴上《けあげ》で降りて南禅寺、永観堂へ。そこから哲学の道を歩き、法然院を通って銀閣寺へ。そして京大構内を抜けて吉田山に登り、黒谷《くろだに》、岡崎へと、真夏の京都を歩き回った。昔の思い出に耽《ふけ》りながらひたすら歩き、訪れた神社や仏閣では必ず、苦境脱出の祈願をした。
もう少し生きたい。今回の手術を何とか成功させたい。その気持ちが強いことは確かである。

八月八日（金）
猛暑の中を嵯峨野《さがの》から高雄《たかお》、中川まで足を延ばす。栂尾《とがのお》の高山寺《こうざんじ》で抹茶を飲む。この寺へは小川義章《おがわよしあき》住職（元・旧制五高の哲学教授）ご健在の頃、両親とよく訪れたものである。六八年の夏に、当時の興銀の正宗猪早夫《まさむねいさを》頭取、池浦喜三郎常務にたまたまお目にかかり、翌年興銀へ入ることを決めたのもこの高山寺であった。

間近に迫る愛宕山《あたご》は、明智光秀が本能寺の織田信長を襲う前に登り、勝利祈願をした山である。新婚時代には妻を引っ張って二、三回登った。それも今となっては良い思い出だ。

こんなに京都を歩き回ったのは久しぶりである。京都はやはり私の故郷であり、ここには楽しい思い出がたくさんあったことに改めて感動した。両親と三人で早めの夕食をして帰京。元気になって、もう一度帰って来たいという願いを強く抱いた。

八月十二日（火）

入院までの苦しい日々が始まった。

休み明けに出社すると、名取部長から奥様が得た情報であるという蓮見ワクチンの効用についてうかがった。ご親切は誠にありがたく、本当に心配してくださっていることがよくわかる。自分の周囲にがんに苦しむ人がいても、何とか助ける方法はないかと実際に行動してくれる人は意外に少ないものである。蓮見ワクチンについてはすでに自分でも調べており、併用が許されていないため試みを断念したことをお話しし、お礼を申し上げた。

銀行の稲川章取締役と昼食。先週、黒澤副頭取から、

「稲川氏が同じ病気で元気を失している。同病の君が元気にやっていることを話したら、ぜひ会いたいと言っていたので、昼食でも一緒にしてやってほしい」

と電話があったためである。稲川取締役は私のちょうど一年前に、カナダで大腸がんの手術後帰国し、今春、肺転移で再手術を受けられていた。予想外にお元気で、体重も元に戻っているとうかがった。お互いに海外勤務での悲運を嘆きつつ、頑張るしかないという意見で一致した。

稲川取締役は雑誌「暮しの手帖」で「便秘―大腸がん」という記事を見つけ、検査に出向かれたという。私も同じように「週刊朝日」の記事を見つけて検査に行った話に、驚かれていた。お互いに健康情報への関心の重要性を再認識することとなった。

稲川取締役の健康の秘訣《ひけつ》は「シイ菌」の常用とのことであった。そこで帰りに髙島屋に立ち寄り、「シイ菌」を購入した。値段は一万円（三十日分）。あまり効果があるとは思えなかったが、ものは試しである。万一効けば儲けものであろう。しかし、どうも健康食品の類というのは、人の弱みにつけこんで暴利を貪《むさぼ》っている気がしてならない。

八月十五日（金）

四十一回目の終戦記念日。今日はCTの検査日である。造影剤が入るとすぐに体が熱くなる。この熱さが続けば温熱療法そのものである。がんが消滅してくれるのではないかと思うほどだ。三十分ほどの検査の後、思い切って検査室の隣室に入り、モニターに映った私の肝臓を見せてもらった。医師は私がすべて知っていることを承知のうえで、

「小指の先程の小さな異物が二つ確認されます。大変小さいので、専門の先生とよく検討しなければなりません」

と解説してくれた。やはりエコーと同じ結果であった。転移は間違いないという事実をこの目で確認することになった。しかし、医師の説明通り異物は小指の先程の大きさである。この大きさであれば、転移であっても早期発見であると思われる。何とか手術で除去できれば一、二年は生きられるのではないかとかすかな希望も抱いた。

検査は今回で終わり、後は九月二日の最終結果待ちとなった。

夜は柳田邦男原作のドラマ『マリコ』の再放送を観る。戦争の悲惨さは言うまでもないが、むしろ親子や夫婦の絆《きずな》、外交官としての使命感に涙を禁じ得なかった。どうも発病以来涙もろくなったような気がする。他人から受けたささやかな親切や、使命感をもった立派な生き方をしている人物に出会うと、自然と涙腺《るいせん》が緩んでしまうこと

がある。

八月十七日（日）

参宮橋《さんぐうばし》の社宅の近所にある代々木公園、明治神宮を散歩。明治神宮に行き、神頼みをすると、

「数え四二歳の酉《とり》年生まれは本厄年」

という案内書が目に入った。これまで厄年などというものは全く信じていなかった。迷信だと思っていたのだ。しかし、日本の古くからの言い伝えというものにはそれなりに説得力があるのかもしれないと思った。

夜、従兄の宮村兄から電話があった。肝臓がんについてお盆休みに調べてくれたということであった。宮村兄によれば、肝臓がんの手術は、国立がんセンターの長谷川チームが日本ではピカ一であるという。したがって大腸からの転移であっても、手術はおそらく森谷先生でなく肝臓チームが執刀するはずだ。また、多くのがんは肝臓に転移するが、その中でも大腸からの転移は手術できるケースが少なくなく、予後の経過も比較的良いらしい——そんなことを知らせてくれた。手術が可能となれば、少しは希望を持てるかもしれない。宮村兄には本当に感謝した。

八月十九日（火）

夜、宮村兄から電話。厚生省の専門家から得た温熱療法についての連絡。温熱はそれなりに効果のある方法であり、国立がんセンターの柄川部長に相談するのがベスト。ただし、外科医が本治療に消極的であり、悩ましい。

八月二十日（水）

夜、友人で朝日新聞科学部の内山幸男記者から温熱療法について電話。国立京都病院の菅原努院長（京大名誉教授）および、医療評論家の高原繁氏を通して国立がんセンターの柄川先生の意見を聞いてくれた。菅原先生によると、全身温熱にはリスクと限界があるとのこと。四二度が必要な温度であるが、体への悪影響から四一・五度が限界。したがって、四二度以上の加熱が期待できる局部には有効な治療の由。もし直接聞きたいなら、高原氏経由で柄川先生を紹介するとありがたい申し出。持つべきものは良き友達だ。何となく温熱療法の効果と限界がわかった。

八月二十六日（火）

仕事で大蔵省の杉井孝企画官を訪問。友人でもある彼が厚生省に確認してくれた温熱治療法についての話を聞く。彼は、

「患者である関原さんが直接国立がんセンターの担当の先生に聞くのがベスト。がんセンターは先生方が学閥を超えて全国から集まっているため、大学病院とは異なって一人ひとりの独立意識が強く、治療方針は原則的に担当医が決める。要は担当の外科医が温熱療法に一定の効果を認めれば使うはずだが、本当のところはわからない」

と率直に話してくれた。そのうえで、

「関原さんがどうしてもその治療を受けたいと強い意思表示をしたらどうですか。いつもの関原流の気迫でお願いされれば、外科の先生も希望を叶えてくれるのでは」

とアドバイス。

夜、NHKで「働き盛りの健康~大腸がんが襲う時」という番組を観る。手術後五年を経過し、完治した人の体験談をベースに専門医がコメントしていた。万一完治した暁には、自分もこんな番組に出て体験談を話せるようになりたいものである。しかし肝臓転移では……。だいたい肝臓の手術をしたけれど元気になったなどという人には出会ったことがないのである。

テレビに出ていたがん体験者は、二カ月間入院して人工肛門を着け、排尿障害などもあったようであるが、私の場合は、入院はわずか十一日間に過ぎず、二週間の自宅静養の後はすぐ職場復帰し、何の問題もなくやってきている。今回転移がわかったとはいえ、いまだに全く自覚症状すらない。にもかかわらず、死を覚悟しなければならないというのはどういうことなのか。

ニューヨークで自覚症状があったあのとき、なぜすぐに新谷先生の診察を受けなかったのであろうか……。今更言っても始まらないが「覆水盆に返らず」とはまさにこのことである。今回の肝臓転移が、手術で乗り切れるものであることを切に願いつつ、寝る前に高見順の詩集『死の淵《ふち》より』を読む。完治を願いながらも、一方では死への心の準備も一歩ずつ進めていこう。

八月二十八日（木）

いざ入院する際には、仕事の面でどうしても頼らざるを得ないのが、机を並べる同期入行の八並堯夫《やつなみたかお》君である。彼に現在の私のシリアスな状況を伝えるため、夕食に誘う。

「僕がこれから話すことは、君が聞いても困る話ではあると思うが……」

と前置きして、これまでの経緯を一気に話した。

「嘘だろう？　総合企画部の中で君が一番元気に見えたし、いつも『関原は元気で羨《うらや》ましい』とまで言ってきた。そんな厳しい状態にあったとは全く知らず、君の気持ちを傷つけることをしてしまって本当に申し訳なかった。誰からも、もちろん部長からも、君ががんであることなど聞いていなかった。でもそんなに元気なんだから、きっと大丈夫だよ。仕事でも何でも、できることは何でもするから言ってくれ。長い友達なんだから」

彼は友情溢れる激励をしてくれた。

非常に親しい間柄である彼でさえ、私の病状についての認識はこの状況なのだから、おそらく職場ではほかに知る者は皆無であるはずである。幸い、妻も八並君のことはよく知っている。万一の場合には、彼も妻の人生相談に乗ってくれるはずである。

八月二十九日（金）
黒澤副頭取のお伴で、同僚と共に青山のイタリアンレストラン「サバティーニ」へ行く。時折開いていた各界の方を招いての会食の日で、今日のゲストは渥美桂子《あつみけいこ》さんであった。彼女は三五、六歳くらいであろうか。翻訳・通訳業やOBサミットの事務局を務める（株）インフォ・プラスの社長である。
びっくりしたのは、彼女が一年前にご主人をがんで亡くされたというお話をうかがったことであった。一年経ってようやくその痛手から立ち直り、翻訳や通訳の仕事を始めたという。仕事があることが彼女にとっては救いであったようだ。
彼女の話を聞きながら、私が死んでからの妻のことを思った。彼女とは異なり、格別の才能もなく、子供もない。そんな状態で私がいなくなったなら、どんな生活が待ち構え、どうやってそれを乗り越えてゆくのであろうか。やはり今回の転移はどうしても手術で切り抜けねばと強く思った。

美味《おい》しいイタリア料理に舌鼓を打ちながら、黒澤副頭取はご自身のイタリアの体験を披露された。私も七八年に初めて妻とイタリアに旅行したことを思い出していた。世界各地を旅したが、やはりイタリアが一番素晴らしかった。もう一度、ローマの街を歩いてみたいが、こんな状態ではとうてい無理であろう。イタリアへの旅どころか、永遠の旅に出発するほうが早いかもしれない。

しかし最後まで夢と希望だけは持ち続けよう。これすらなくなったときが、まさに終焉《しゅうえん》であるに違いない。

手術を決める

八月に行った検査の最終結果が出たのは九月二日のことであった。朝早く、検査結果を聞くために妻と一緒に国立がんセンターへ向かった。センターにはいつものように午前八時には到着し、やはり二時間以上待って午前十時二十分に診察室に呼ばれた。

森谷先生からはCT検査の結果を踏まえて、今後の治療方針の説明があった。

・CT検査の結果では、先に検査部と幕内先生が行ったエコー検査（七月十六日、三十日に実施）と同様、一センチ程度の転移巣が二つ確認された。

・転移巣は手術により摘出する。転移としては小さなものではあるが、摘出するのは二個。大きくても一個の摘出のほうが切除は容易である。
・肝臓の五〇％程度を切除することとなる。しかし、術後の生活は全く支障ないので安心してほしい。関原さんの肝機能は非常に良いので、肝臓再生のスピードは速く、五〇％を切除しても日常生活には何ら問題はない。
・九月十七日、幕内先生の再度エコー診断。九月下旬～十月上旬に入院し、一週間～十日間の検査を経て手術を行う。順調に行けば術後二週間程度で退院できる。
・再々発のリスクもある。
・入院までは通常の生活でＯＫ。ゴルフやテニスも可。
あまりいい結果とは言えないが、それでも「肝臓に転移すれば万事休す」であると思っていたのに、手術も治療もできるというのだから喜ばなければなるまい。もっとも、肝臓は血管の固まりであり、手術は消化器と異なって困難が伴うはずだ。再々発の可能性まで示唆されたのだから、手術がうまくいっても引き続き死と向かい合う生活が続くだろうと覚悟した。

検査結果を聞いた後に出勤し、名取部長と、八並君にそれぞれ結果を報告した。名取部長からは、

「私は何のお力にもなれませんが、肝臓の大手術となれば随分お金が必要となるでし

ょう。必要があればいつでもお申し出ください」

と、肉親にも勝るお言葉をいただいた。私から、

「仕事で迷惑をかけたくないので、代わりの人を探してください」

とお願いしたが、

「後任のことなど考える気はまったくありません。関原さんは米国から帰国後も普通の人以上の仕事ぶりで、がんの再発におびえた姿も見たことはありません。手術の後もきっと今までと同じお姿で戻ってこられると信じております」

との返事だった。立派な部長だと感動し、感謝した。

その後でもう一度森谷先生の話を思い返してみたが、入院が一カ月先になる理由を聞き漏らしたことに気づいた。森谷先生に直接電話で聞いてみると、理由は極めて簡単であった。単にその時期にならないと病室が空かないからだという。

七月十六日の検査で転移が発見されてから、すでに一カ月半がたっている。さらに入院まで一カ月かかるとなれば、最初に転移が発見されてから三カ月間、何もしないまま待つことになってしまう。せっかく転移が早期の段階で発見されたというのに、こんなに時間がかかったのでは価値がなくなってしまうではないか。思い起こせばニューヨークで最初に大腸がんになったときも、自覚症状がありながら検査を延ばしたことが失敗につながったのである。

もう少し早く入院・手術ができないものであろうかと、官庁勤めや新聞記者など、頼れそうな友人、知人に電話で相談してみた。しかし、同期生の上西君が弟を通して聞いてくれた話によれば、国立がんセンターの場合、池田勇人元首相のような超VIPでもない限り、どんなルートを使ってもベッドの確保は容易でないという。当時読んで心を打たれた塚本哲也の大作『ガンと戦った昭和史』にも、国立がんセンターのベッド不足は深刻であり、入院待ち患者は四百人にもなると書かれていたのを思い出した。患者の入院・手術の順序については、患者の病状、緊急度に応じてすべて先生方の判断に任されているらしい。

その週末の九月六日、前田外科病院に状況説明に行った際、前田院長から思わぬアイデアの提供があった。

「がんセンターの先生を前田外科にお呼びして手術をお願いしてはどうですか。今までにも例がないわけではありません。私は肝臓担当チームの先生たちとコンタクトがあるので頼んであげましょう」

話は進み、あっという間に前田外科病院で手術することになった。ところが翌週、前田先生が国立がんセンターから得た話によれば、私のがん手術は大がかりになる可能性もあり、やはり国立がんセンターですべきである、という。また、急いで手術する必要はなく、手術可能ながんであるかどうか、今しばらく様子を見たほうが良いのだという。手術可能ながんであっても、肝臓の右葉を全摘出する場合もあり、その場合は門脈を塞栓《そくせん》して一〜二カ月かけて左葉を拡大させ、肝機能を高めたうえで手術する。また、現在見つかっている二個の病巣のほかにも転移がないかを、肝臓の表面から直接エコーで十分チェックする必要がある、とのことであった。

その話は、森谷先生から聞いていた幕内先生の話と、門脈の塞栓などの点でやや異なるように思えた。やはり幕内先生から直接話を聞いてみたいと思った私は、前田外科病院から外来診察中の森谷先生に電話してみた。森谷先生は、

「そのスケジュールは、私が申し上げていたのと同じです。関原さんはやや慌て過ぎで冷静さを欠いている。どこでどんな治療を受けるかは、あなたが決める問題ですから、ご自身でよく考えてください」

と、厳しい口調で言われた。その言葉にハッとさせられ、私は少し冷静になろうと心した。前田外科病院から銀行へ出勤し、上西君、八並君を昼食に誘って今日までの経過について報告した。上西君は、

「あまりバタバタするな。しっかりと自分が頼る医師を決めたらどうか。そのためにも森谷先生に頼んで、直接その幕内という先生に会ってみたらどうか」

とアドバイスしてくれた。すると、そこまでその話を黙って聞いていた八並君が、突然身を乗り出してきた。

「上西、今、確か『幕内』と言ったよな。関原、その先生は何歳くらいで、どんな風《ふう》貌《ぼう》だ？」

「東大出身で、四十歳前の色白の先生で……」

「その幕内なら、俺の大学時代のクラブの一年後輩の男だ。よく知っているぞ。一緒に会いに行こう」

幕内先生が八並君の友人であるとは。何という奇遇であろうか！

明快な説明

九月十日、八並君に同行を願って幕内先生に面会した。二人は懐かしそうにしばし昔話に花を咲かせた後、私の肝臓の話へと移った。二人とも、久しぶりの再会がこんな形になるとは思っていなかったことであろう。

自分の肝臓を検査した専門家から、初めて転移の様子を直接詳しく聞くことができるとあって、私は期待する半面、緊張も高まっていた。

幕内先生は私のがんについての所見と、治療や手術に対する考え方、その具体的な方法について十分に説明してくださった。先生によると、私のがんは手術できないものである可能性は少ないという。手術できないほど転移が多発する場合、通常は術後三～六カ月で現れるからだ。また、診察した限りでは進行は極めて遅いようで、一刻一秒を争うものとは思われない。前田外科病院で聞いた「門脈塞栓」の手術については、私の場合はそのような高度な方法は不要で、簡単に切除できる程度のものだという。手術の成否は、がんが肝臓のどの位置にあるか、またどの程度周囲に浸潤しているかを的確に捉《とら》えたうえで、いかにうまくメスを運んで切除できるかにかかっている。しかし消化器などとは異なり、肝臓の内側は目で直接見えないため、エコーを使いながらがんの位置を正確にさぐりあてたうえで切除するのだという。

そこまで話すと、先生は病院の事務所に自ら電話をし、私の入院時期について確認してくださった。入院の順番はウエイティングの一番。遅くとも来週中に入院し、入院後十日から二週間で手術ができる見通しということであった。十日から二週間と曖《あい》昧《まい》に設定された期間は、検査の必要期間というより、あらゆる順番待ちのために設けられた猶予らしい。

「国立がんセンターも国鉄と同じシステムなのだと理解して、我慢してください」

と幕内先生は説明された。さらに私から、たまたま前日の夜にＮＨＫの「肝がん手術の最前線」という番組を見ていたこともあり、手術では輸血はどれくらい必要かと尋ねた。

「昨年の手術では五〇％、今年の手術では七〇％が輸血の必要はありませんでした。あなたの場合も輸血は不要でしょうが、必要になれば日赤から入手できるので、献血は不要です。輸血を受けた場合、肝炎の懸念は十人に一、二人ですね」

極めて明快で自信に満ちた説明に、今まで抱えていた不安は消えた。幕内先生を信頼し、先生の執刀に委《ゆだ》ねようと決心することができた。

帰宅後すぐ、森谷先生にこれまでの失礼に対するお詫《わ》びと、今日幕内先生にお会いしたことについての報告、そして手術依頼の手紙を書いた。

その日、ニューヨークの千葉敦子さんから久しぶりに見舞いを兼ねた手紙が届いた。私の肝臓転移について知らせておいたからである。

「手術で取れるがんであればまず一安心です。しかし日本の病院のベッドがいつもふさがっているのは、やたらに長く患者を入院させ、医師がいつまでも患者を手元に置きたがるからで、数年前日本の患者の在院日数は米国の八倍でした。退院させてもよい患者をいつまでも置いておくため、空きベッド待ちの患者がいつもいるというバカげた状況となっています。米国の病院なら即入院できますのにね。入院待ちの時間も意味のある使い方をなさるように。奥様や親しい御友人との心の交流を深めるなり、ご自分の気持ちの整理をなさるとか。やはり肝転移は極めて深刻な事態なのですから、万一の場合の御準備もお考えになっておいでのことと思います。とにかく関原さんの人生の最大の危機なのですから、あらゆるリソースを活用される権利があり、又活用なさらなければなりません」

がん治療の先輩としての有効で厳しいアドバイスの後、

「私は九月二十日から十月一日まで一時帰国します。もし入院中であればお見舞いにうかがいます。外出許可が得られれば外でお会いしましょう」

という言葉で手紙は結ばれていた。ニューヨークで会って以来だから、一年半ぶりの再会になるはずだ。その後の闘病や手術のことなど、こちらにも話したいことがたくさんあり、再会の日がとても楽しみになった。

三日後の十三日、森谷先生の外来診察で、失礼をお詫びするとともに手術のお願いをした。すでに先生の元に手紙が届いていたせいもあるのであろう。先生は、

「関原さん、見かけによらず筆まめで気を遣いますね」

とおっしゃっただけであった。先生を巻き込んで慌てふためいてしまったが、特に悪い感情も抱いていない様子で一安心した。きっとこれまでにも多くのがん患者が、冷静さを欠いて行動する姿を見慣れておられるのだろう。

この日の診察では、今回の転移についての先生の所見を改めて聞かせてもらった。それによれば、転移の原因については二つの可能性があるという。

ひとつは、ニューヨークでの手術のとき、すでに目や検査機器には引っ掛からないほど小さな転移があったが、進行が遅い上に抗がん剤の5FUが効果を発揮して、今回やっとがんとして現れてきた可能性。もうひとつはニューヨークでの手術の際に取

り残しがあり、その病巣が拡大して、そこから転移してきた可能性。

「関原さんの場合、開腹の傷跡が普通よりもやや小さいので、取り残しである可能性も十分考えられます」

午後、月刊誌「諸君！」十月号の「ミスター〝経済摩擦〟牛場信彦の『戦死』」（宮田親平）を読んだ。牛場氏は最初の直腸がん手術のときにはすでにリンパ節に転移があり、一年三カ月後に肝転移が発見された。私と同じような経緯である。だが、牛場氏の肝転移は二個の大きな病巣と数個の小さな病巣で、手術は不可能。小型の機器を使って肝動脈から二十四時間抗がん剤を注入し、死を覚悟して世界を歩いておられたことを初めて知った。私の場合は肝転移は二個だけで、手術はできそうだ。同じような経緯で最初のがんが発見されても、転移・再発の形は大きく違っていた。

九月十七日には幕内先生のエコー診断があった。幕内先生は一緒に行った妻に、

「奥さん、ご覧になりますか？」

とモニターを見せ、恐る恐るのぞき込んだ妻に、

「これががんですよ」

とストレートな説明をした。エコー診断後の所見は次のようなものであった。

「がんは二カ所あります。ひとつは表面に近い部分のため簡単に切除が可能です。もうひとつは表面から五センチほど深い部分にあり、時間をかけて切除します。この二

カ月足らずの間に四ミリ拡大していますが、数は増えていません」

そして先生は最後に言った。

「がんが拡大していることもあり、早期手術の必要性を森谷先生に進言します。入院についてもなるべく早くできるようプッシュしましょう」

その力強い言葉に期待しながら銀行に出勤すると、ほどなく妻から電話があった。病院から明日入院できるという連絡があったという。いよいよ入院である。後は天に祈り、先生方の優れた執刀に頼るだけである。

松茸の香り

九月十八日（木曜日）午前九時過ぎ、私は国立がんセンター8B病棟（大腸と泌尿器）へ入院した。がん病棟入りはニューヨーク以来、二度目である。若い看護婦の簡単な質問に答えた後、病室（五人部屋）へ案内される。狭い病室を見回して、アメリカとの格差を感じた。この程度の部屋に入るのに、なぜこんなに待たされるのであろうか。すぐに外出許可をもらい、十時過ぎに銀行へ出勤した。中村頭取との打ち合わせがあり、

「手術する医師は信頼できるのか、大丈夫なのか」

と尋ねられた。

「ベストの先生方です。今日が頭取との最後の日にならないように頑張ります」と返答した。午後六時に病院に戻り、レジデント（専門領域を研修中の医師）の渡辺英世先生の診察を受けた。あまりにていねいな先生で恐縮した。

夜八時半になって森谷先生が病室へやって来られた。こんな遅い時間にと驚いたが、手術の日程が再来週以降になるという報告であった。国立がんセンターでは毎週木曜日に次週の手術予定が決まるため、木曜日の今日、すでに来週の予定はセット済みなのだそうだ。私の手術予定は来週の木曜日にならないと決まらない。それが国立がんセンターのルールであるという。あまりの硬直性に驚くが、それもやむなしと諦めた。

二十日の夜、外出許可を取って自宅にいるところへ、帰国中の千葉敦子さんから電話があった。今回の帰国は、上智大学文学部教授で哲学者のアルフォンス・デーケン先生の依頼で、「死への準備」の講義をするためだという（講義は『よく死ぬことは、よく生きることだ』〈文春文庫〉に収録）。翌日の夕方、西新宿の東京ヒルトンホテルの日本料理店で、私と妻を交えた三人で会う約束をした。

久しぶりに会った千葉さんは、化学療法を続けているということではあったが、思ったよりずっと元気そうな様子だった。薬の副作用でやつれているような感じには見受けられなかった。しかし、せっかく日本に帰ってきたのだから日本の秋の味覚を味わってほしいと松茸《まつたけ》を注文したとき、彼女は静かにこう告げた。

「最近、がんが脳に転移したようで、嗅覚《きゅうかく》を失ってしまったのです。松茸のいい香りは残念ながら味わうのは無理ですが、ご好意は大変嬉しいです」

彼女は確実に進行していく自身のがんの状況について話した。話を聞く限りでは、病状は相当深刻さを増している様子であった。

食事の際の話題はがんのことだけにとどまらず、最近のニューヨーク、日米問題等にまで及ぶ幅広い内容であった。自分で言うのも変だが、死を間近にした深刻な病気を抱えた者同士の対話としては格調高く、大変面白いものであったと思う。

お互いにがんと闘って生き抜き、また再会しようと約束して二時間半の夕食を終えた。千葉さんと別れた後、私は妻の運転でそのまま国立がんセンターへ戻った。

特別の注射

入院十日目の二七日、妻が病院へ来た。昨日、森谷先生から手術の説明をするので来院するようにとの電話があったのだという。妻に直接電話があるというのはひょっとすると良くない話の呼び出しでは……と不安を抱きつつ一緒に診察室へ行った。妻が、

「本人も同席して差し支えありませんか」

とお尋ねすると、

「どうぞ」

と許可をいただけたので、一緒に聞くことになった。

「手術前々日の三十日は流動食。前日は絶食になります。二日の手術は朝九時からで、病室を八時十五分に出発します」

「同室の肝臓転移の患者さんは、手術の前日も普通食だったと思います。なのに私はどうして流動食、絶食と厳しい制限がつくのですか」

「何か問題があるわけではありません。ただ念のためアメリカでの大腸手術のチェックをするので、腸を完全に空にする必要があるのです」

森谷先生とのやりとりは冗談まじりになることが多く、このときも先生は笑いながら最後にこう言われた。

「関原さんはうるさい患者で、手術の前に騒がれると面倒ですから、病室を出る前に黙らせる特別の注射をします」

妻には手術直前のがん患者と主治医の対話とは思えなかったのだろう。とても驚いた様子であった。

もっとも、森谷先生にこんな冗談を言われるのも当然なくらい、私は病人らしからぬ入院生活を送っていた。手術まではふだん通りの生活をしていいと言われていたため、検査の予定がない日は、必ずと言っていいほど外出願を出していた。銀行に出勤

し、自宅にも何度も戻っていた。外出するために病院のエレベーターに乗ると、森谷先生から、

「ご出勤ですか」

と声をかけられたこともあった。このときは、

「ちょっと整理に……」

と軽く答えたが、先生方はみなきっと、

「この患者は本当に、病院にじっとしていることがない」

と呆《あき》れられていたに違いない。注文がついたのは、手術日が近くなって外出願を出したときだけだった。さすがにそのときはレジデントの渡辺先生から、

「手術前ですから門限に遅れないように戻ってください」

と申し渡された。

初めて丸一日病院で過ごし、入院患者の一日をフルに体験したのは、手術の二日前になってからである。その日は病院の屋上に出て小一時間過ごし、隣接する築地市場のにぎわいや、銀座や丸の内の輝きを眺めた。病人の孤独を味わっていると、それを見かけた森谷先生から、

「関原さんの病人らしい姿を初めて見た」

と話しかけられてしまった。

私が病院にいたくなかったのは、がん患者たちが治療で苦しんでいる姿を見るのが辛かったからでもある。隣のベッドの泌尿器がんの患者が、化学療法の副作用で髪の毛を失いながら激しい吐き気や不快感に苦しむ姿を間近に見たときには愕然《がくぜん》とした。化学療法の患者は大勢見てきたが、本当に過酷なものだと思う。それなら手術のほうがよほど楽だ。ただ、手術にもいろいろある。病棟には直腸を切除して人工肛門になったり、泌尿器の手術で人工膀胱《ぼうこう》になったりした患者も少なくなかった。昔に比べてそれらの機能は格段に良くなっているらしいが、話を聞くと、やはり親にもらった生来の臓器を失うのは辛いことのようである。

手術前日の十月一日には、いろいろな処置が行われた。血液型の再チェック、絶食のためカロリー補給の点滴など。広範囲にわたる剃毛は、大きな切開となることを暗示しているのであろう。入浴して髪も洗いスッキリしたところへ、渡辺先生がエコーで肝臓の最終チェックをしにやって来られた。

「とにかく小さな二つがよく見つかったものだ。特に表面に近いひとつを見つけるとは、さすが幕内先生……」

渡辺先生がそうつぶやかれるのが聞こえた。その後、胸を小さく切開して鎖骨の下の太い静脈にＩＶＨ（中心静脈栄養）が挿入された。これで術後の栄養補給も安心だ。

午後には妻が、夕方には両親が京都から到着し、手術前の私を激励してくれた。病院の十一階にある喫茶室で三十分間ほど歓談し、両親から京都の神社のお守りを渡された。この後、両親は妻と築地の寿司屋で夕食を取って近所のホテルに泊まり、明朝駆けつけてくれることになった。八〇年九月に胃がんの手術を受ける父を大学病院に見舞ったことを思い出した。ここまで元気になった父にならって、自分も頑張らねばなるまい。

その夜、浣腸の後で森谷先生から手術の説明を受けた。がんの再々発を防ぐため、肝臓の血管に抗がん剤を注入する細いチューブを装着する可能性があるとの新たな示唆であった。

「それは牛場信彦氏がつけていたような、手術不可能の患者に施される処置と同じものですか」

と確認すると、

「原理は同じです。ただし牛場氏が使われたものは常時抗がん剤を注入する高価な器具です。関原さんの場合はあくまで手術が第一で、チューブは予防的なものとして入れておくだけです。将来、このチューブを使って抗がん剤を直接肝臓に注入することもあり得る、ということです」

という説明であった。

「ここまで来た以上すべて先生にお願いするだけです。くれぐれもよろしくお願いします」

私はベッドから立ち上がって深々と頭を下げた。どんな処置が施されようとも、先生方にお任せするしかないのだ。

夜九時、しっかり眠るために睡眠薬を飲み、万一の場合に備えて妻と両親あてに遺書をしたためた。自分の運命を呪《のろ》った。四一歳で遺書を書くことになるとは、なんという運命であろうか。

十月二日の手術当日、夜中に目が覚め、時計を見たら午前三時四五分であった。その後、もう一度うとうとと眠り五時五五分に起床。比較的よく眠れたため、体調は悪くない。髭を剃って、七時には手術の準備が完了した。

触診でがん発見

手術当日のことは、父の日記に詳しく残されている。

「八時前に病院に着き、道子（私の姉）に会い8B病棟へ。さゆり・大槻夫妻（妻の両親）も先着。健夫、事前の各処置で病室に居なかったが、八時半手術室に入る直前元気な顔を見て激励。

肝臓外科の名手と言われる幕内医師と大腸専門の主治医森谷医師の二人を中心に四時間半の予定の開腹手術が五階の手術室で始まる。同じ階の家族待合室で待機の形をとる。超音波検診器を使ってがんの行方を探しながらの手術となるらしい。予定の四時間半を経過した一時半になっても終わらない。三時を過ぎても、四時を過ぎても……。

五時十五分になってモニターテレビに終わった旨の告知が出る。八時間十五分という長時間で、こちらも不安と緊張でぐったりする。

やがて説明室に呼ばれ、全員で出向き、森谷医師の説明を聞く。森谷医師は健夫が米国でS状結腸を切開しているので、念のために手術に参加したという。肝がん二個は幕内医師が切除、腸を森谷医師が見たところ、腸の外側にがんを発見。これがどうも肝臓に転移したらしい。この手術に四時間を要したという。その後ＩＣＵで健夫を覗《のぞ》く。微《かす》かに頷《うなず》いていた……」

やはり、肝臓ばかりでなく、大腸にもがんがあったのである。後に閲覧したカルテには、森谷先生によって、

「触診で上直腸動脈根部にハードな四センチのリンパ節転移を認め、吻合部《ふんごう》を含め大腸を切除し、高位前方切除とした」

と記載されていた。

後日談になるが、二年後の八八年秋、レジデントの渡辺先生が国立がんセンターでの四年間の研修を終えて名古屋大へ戻られる際に私が催したささやかな送別会で、こ

のときの手術秘話が渡辺先生によって披露された。

「幕内先生の手術は本当に素晴らしいものでした。あれだけの大手術なのに、出血はわずか二〇〇cc足らず。先生がお一人ですべて処置され、われわれはただ見ているだけでした。手術は本来、この幕内先生の肝臓がん切除のみの予定でした。〔一一六頁図③〕ところが森谷先生はかねてから米国の手術のリンパ節郭清《かくせい》が少ないことに疑問をお持ちで、幕内先生の切除の後、下腹部に手を入れゆっくり触診されました。そこで前回の手術の縫合部にリンパ節転移を発見したため、下腹部を切開され大腸の手術をされたのです。〔一一七頁図④〕もし森谷先生の触診がなかったら、関原さんは今ごろダメだったでしょう。本当に良い先生に巡り合ったと感謝すべきです」

このような話は、自慢話となってしまうからだろうか、森谷先生からは一度も聞かされたことがなかった。手術翌日にICUで、

「関原さん、大丈夫です。すっかり除去しました」

と言われただけである。しかし、この手術がいかに重要だったかは、後に何度も認識することになる。

術後の回復は順調だったが、退院予定間近の十月十四日になって、食事(五分粥《ごぶがゆ》)の後、突然癒着が起こった。急に吐き気に襲われ、食事をすべて吐き出した。たくさん食べれば体力も戻り、早く元気になれると思うのが患者の心理である。と

ころが食べ過ぎると小腸が膨れ、これが癒着を起こす原因になるらしい。看護婦が「食事を残してください」と常々言っていた意味がようやくわかった。

以後、食事は腹七、八分目、栄養はＩＶＨや点滴で十分であるということを肝に銘じた。特別の治療を行わず自然治癒に期待しようということになって絶食に逆戻りし、結局、術後二四日目の十月二六日に退院することができた。

退院の際、大腸のリンパ節にがんが残っていたことが発見された以上、再々発のリスクがあることを改めて示唆された。しかし、前回の手術が、術後にリンパ節転移が判明して重圧の中での退院であったのに比べ、今回は術前の説明通りの結果であった。がんは完全に切除されたのであり、七月の肝臓転移告知以来の厳しい状況から解放されての退院だったから、これ以上の喜びはなかった。

術後二週間は、自宅と伊豆の温泉で静養をした。伊豆の温泉は、大学時代からの親友である曽我部《そがべ》義矩《よしのり》君が、われわれ夫婦の心身の疲れを癒してほしいとアレンジしてくれた。十一月十日には出勤を再開し、すぐに通常勤務に戻った。

その後は二週間ごとに通院し、森谷先生の診察および抗がん剤（マイトマイシン）の注射による投与、そして三カ月ごとに幕内先生のエコー診断で再々発をチェックすることになった。辛かったのは、国立がんセンターも週休二日となり、森谷先生の診察日が火曜だけになったことだった。極力仕事に差し障りがないよう朝一番の診察と抗

図③

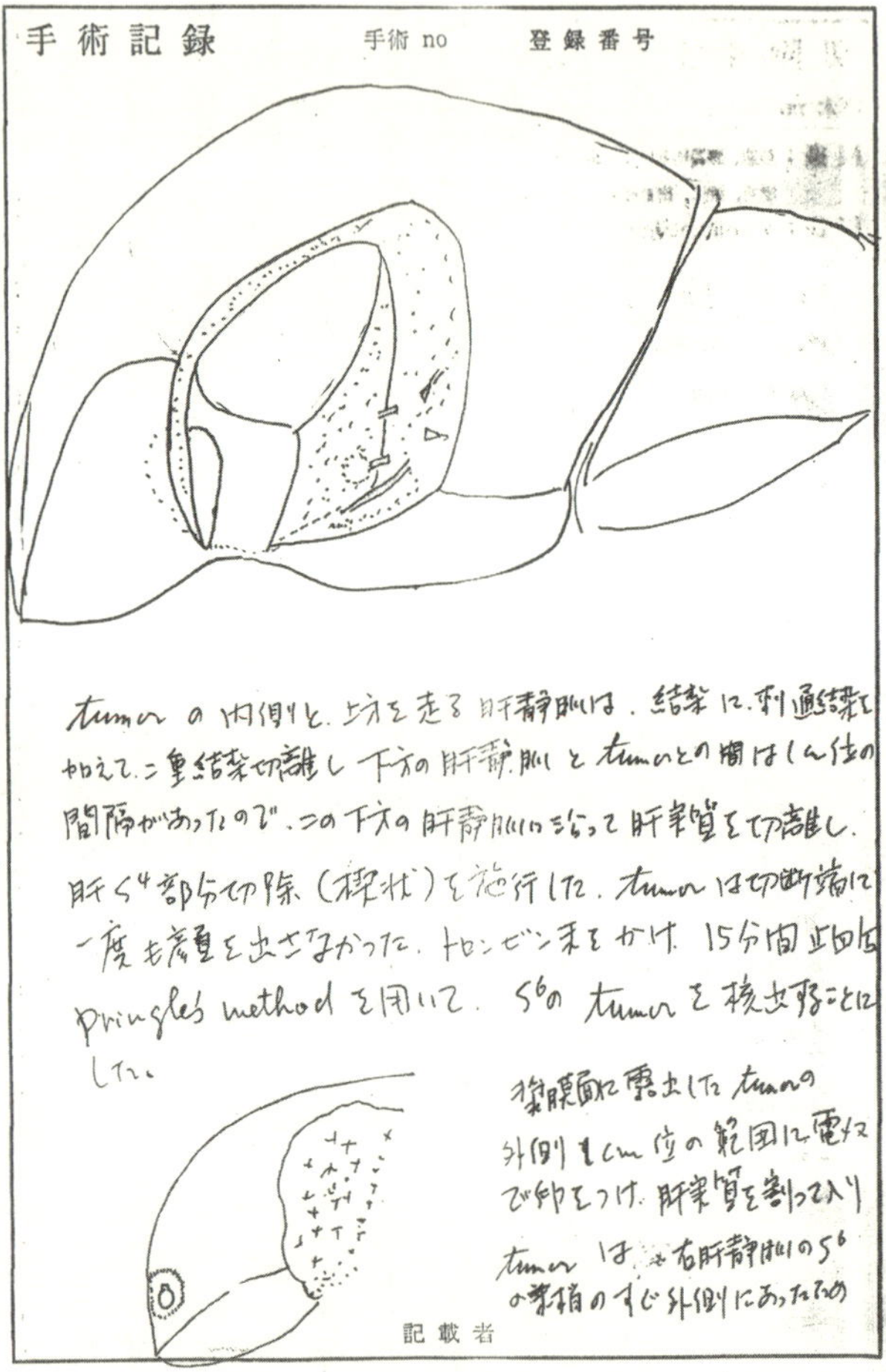
手術記録　手術 no　登録番号

tumorの内側と上方を走る肝静脈は、結紮に刺通結紮を加えて二重結紮切離し 下方の肝静脈とtumorとの間は1cm位の間隔があったので、この下方の肝静脈に沿って肝実質を切離し、肝S^4部分切除（楔状）を施行した。tumorは切断端に一度も露出させなかった。トロンビン末をかけ 15分間止血 pringle's method を用いて、S^6のtumorを核出することにした。

横隔膜面に露出したtumorの外側1cm位の範囲に電メスで印をつけ 肝実質を割って入り tumorは右肝静脈のS^6の枝のすぐ外側にあったため

記載者

カルテから。肝臓がん摘出の様子が記されている。

図④

手術記録　　手術 no　　登録番号

再度下腹部を触診すると aorta 分岐部下方に φ3.5cm の hard な tumor を触知しこれ以外には tumor を触れないため これも切除することにし 正中切開を下方に延長した

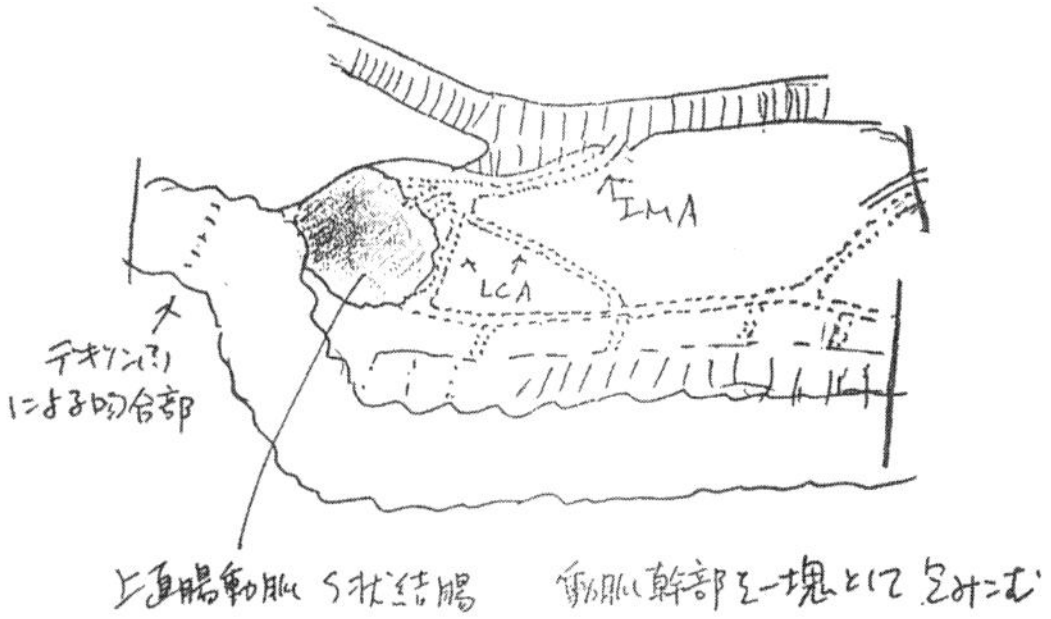

上直腸動脈
S状結腸
動脈幹部を一塊として包みこむ

tumor おそらく LN recurrence と思われる. tumor は marginal artery にも invasion している.

上図の如く再発を認め. 下大静脈〜大動脈の LN 郭清を施行し.
hypogastric N は切断. mesocolon は IMA 根部まで郭清し
下方は. 両側とも長い総腸骨動脈まで郭清した.
腹膜翻転部を全周性に切断し. 直腸を. 腹腔側へよく授動し
旧吻合部の約 4cm anal で 杉浦の食道鉗子をかけ切断した
下行結腸も脾結腸靭帯を切断し授動した
mesocolon もできる限り切離したが. colica media の右枝と考えられる血管は太いので温存した　記載者

カルテから。触診により発見された大腸がんの図解。

がん剤投与を受けるべく、午前六時過ぎに病院に着き、診察の順番券を取った。なぜ予約制にならないのか、普通の患者と違ってがん患者じゃないか、しかも私と違って遠方からやって来る患者もたくさんいる、といつも義憤を覚えつつ、診察の受付開始の八時半まで暗い待合室でじっと待った。こうして朝一番の診察を受け、直ちに銀行に行く生活は三年間続いた。

千葉さんの死

退院直前に、アメリカの千葉敦子さんから手紙が届いた。東京での夕食に対する礼状であったが、そこには、

「ニューヨークに戻った直後の十月八日から声がでなくなった。異常な疲労感、呼吸困難、呑《の》み込み困難、背中の痛み、歩行困難……」

と、彼女が相当深刻な事態に陥っていることが記されていた。その後、私の無事退院の報告にもう一度カードの返信が来た。

「御退院おめでとうございます。順調な回復を、そして充実した日々の続きますことを……。良い病院、医師、看護婦に恵まれた由、本当に嬉しく思います。私はこれからが本番です」

八六年の年末にはクリスマスの手紙が来て、さらに新年には新しい免疫療法として

アメリカで注目を集めていた「インターロイキン２」についての知らせを兼ねたカードが届いた。

彼女からの手紙はそれが最後であった。

ふだんから筆まめで、こちらが手紙を送ると比較的早く返事が届くのが普通であった。そんな彼女からその後返事がなかったことから、よほど苦しい日々であったことが容易に想像された。

八七年七月九日、新聞記事で千葉さんが亡くなったことを知った。東京で会ったときすでに脳への転移を示唆していたことから、彼女の病状がかなり進んでいることも、彼女の命が時間の問題であることも、うすうす感じてはいた。しかし、がんの発見段階でも転移に際しても、彼女の「ステージ」は私より低く、生存率もはるかに上であった。私のほうが先に死んでもおかしくない状態であり、彼女もまさか自分のほうが先に死ぬとは思っていなかったのではないだろうか。

「朝日ジャーナル」誌に連載されていた「死への準備日記」などによって、彼女のがんとの壮絶な闘いは有名になっていた。闘病中の自分の姿を写真に撮ったり、副作用に耐えながらの壮絶な抗がん剤治療の様子を詳しく書き記したりすることには、

「何もそこまで……」

といった批判的な見方があったことも事実だろう。しかし、私が闘病するうえで最

も大きな支えであり、影響を与えてくれたのはまぎれもなく彼女の存在であった。

がん闘病のことはともかく、彼女のジャーナリストとしての取材力、文章表現力、英語の能力は卓越していた。当時のニューズウィーク東京支局長ブラッドリー・マーティン（後にアジアファイナンシャルインテリジェンス東京支局長）は、今でも私に会うごとに、「アツコは本当に素晴らしいジャーナリストだった」と懐かしむ。国際的なジャーナリストが求められる今日、本当に惜しい女性だった。

ＮＨＫ教育テレビが七月二二日の夜、追悼番組を組んだ。番組では彼女の「人生に求めたものは」という詩のパネルをバックに、上智大学のアルフォンス・デーケン先生と、高校時代以来の友人であった朝日新聞の大熊由紀子論説委員が、千葉さんの思い出を語り合っていた。

彼女との出会い、ニューヨークでの再会、闘病と、さまざまな思い出が私の脳裏を駆けめぐった。彼女と会うことがなかったら、私はがんと闘うことなどできなかったかもしれない。追悼番組を見ながら、涙を抑えることができなかった。

一年余りで再転移

千葉さんが亡くなった翌月、私は出張でアメリカを訪れた。大腸がんを患って帰国してから二年半。肝臓転移という厳しい状況を乗り越え、再び太平洋を越えることができるとは思ってもみなかった。

出張の目的は、興銀の海外拠点で働くスタッフたちが興銀に何を求め、何を期待しているのか、意見交換をすることであった。一週間の予定で、北米地域の主要拠点であるシカゴ、トロント（カナダ）、ニューヨーク、ロサンゼルスを歴訪することになっていた。真夏の青く輝く空の下、シカゴ空港に降り立ったときの高揚した気持ちは今も忘れることができない。それほど、感動的な旅であった。

ニューヨークでは、かつてデスクを並べていた職場の旧友たちから大歓迎を受けた。アメリカ人スタッフの大半は、私が勤務していた二年半前と同じ顔ぶれであった。

「病気を克服して戻ってきたミスター関原！」

と、再会を心底喜び、中には抱きついてキスをしてくれた女性まであった。

ちょうどニューヨーク滞在が週末に当たっていたこともあり、大腸がんの執刀医であるドクター・スワンを訪ねて、帰国後の転移と手術の経過について説明した。彼は日本の術後のフォロー体制と肝臓手術のレベルを称賛し、よく元気になって帰ってきてくれたと私の幸運を喜んでくれた。大腸のリンパ節に再発したことについては、「リンパ節をどの程度郭清するかについてはいろいろな考え方があるが、自分はあの時点でベストの手術をした」

と率直に話してくれた。そこで私からは、

「あのとき迅速に手術できたからこうして戻ってこられたのです。ドクター・スワンには感謝しています」

という気持ちを伝えた。

健康体なら今頃までニューヨークで勤務していたはず、という思いもあった。世界の金融の中心地であるニューヨークで、思い切り仕事をしたかった。しかし、あのときの私には、残るか帰るか、どちらかの選択しかなかったのである。その後の経過を考えれば、あのままアメリカにいたら二度と日本の土を踏むことはなかったかもしれない。やはり思い切って帰国して本当によかったと改めて感じた。そしてもしこのまま健康が続けば、もう一度ニューヨークで仕事をしたいと痛切に思ったのであった。

しかし、肝臓転移の手術から何事もなく過ぎたのは、結局一年余りであった。

人間とは愚かなもので、己のことは甘く、楽観的に考えがちである。最初の転移発見から一年になろうとしていた頃、私は、

(うまく逃げ切れたのでは)

と、ひそかに喜び、多忙な日々を送っていた。最初の転移と同じ経緯で再転移があるなら、あまり間隔を置かずに現れるはずだ。だが、この時期に至っても再々発はない……。

一九八七年十二月一日、前月に検査部で受けたエコー検査の結果を聞くため、森谷

先生の外来診察に出かけた。検査結果を聞くのはいつも本当に嫌なものである。心臓のドキドキする鼓動の高まりは、患者でなければわからないであろう。いつものように恐る恐る診察室に入ると、先生からこんな結果を告げられた。

「関原さん、転移の疑いありという報告が届いています。ただ、前回の手術の瘢痕《はんこん》を転移の疑いと診てしまうこともよくありますから、念のために明日、幕内先生の外来診察を仰いでください。その結果を踏まえて対応を考えましょう」

念のための検査、という言葉をよりどころに、検査部の間違いではないかという気持ちを抱きながら、翌日、幕内先生の診断を受けた。

「森谷先生から、念のために幕内先生の診察を仰ぐようにとのご指示があり参りました」

大丈夫ですよ、と言ってもらいたい気持ちを込めて話す。

「関原さん、お元気そうで何よりです。とにかく診察しましょう」

幕内先生はエコーで腹部を確認された。プローブが腹部を走る。

「先生どうですか」

「問題がありそうです」

「やはり再発ですか」

「ハイリー・サスピシャス（極めて可能性が高い）」

先生の英語の答えで、再々発が確認された。恐れていた事態になった。診察を終え、直ちに電話に飛びついて、妻と京都の両親に連絡した。その日は妻の誕生日であったが、最悪の誕生日プレゼントとなってしまった。

帰宅後、再々発の悲運を嘆きつつ、

「頑張るのでよろしく頼む」

と妻に声をかけた。病院から電話をかけたときには比較的平静に受け止めていたように思えた妻が、こんなことを言った。

「電話を受けたとき、ガタガタ震えました。実家の両親に電話で報告するのに、一呼吸、二呼吸して間を置いて、心を静めてダイヤルを回したんです。本当に生きた心地がしなかった」

妻の心の中に、今度はいよいよダメかという思いがよぎったに違いない。

一方、京都の両親からは、

「毎日元気いっぱいで仕事をしているようで安心していたのに。でも、手術となっても森谷先生、幕内先生に付いてもらえるので絶対大丈夫だよ」

と精いっぱいの励ましがあった。父の日記には、次のように記されている。

「……十一時頃健夫より来電。検査結果は肝臓転移が微少ながら見られるとのことで、昨夜からある程度覚悟していたとは言え驚く。いずれ再手術ということになるだろうが何とも言いようがない。二人の心中は察するに余りある」

　翌日出勤すると、八並君が幕内先生の自宅に電話をして聞いたという話を教えてくれた。

「大変辛いことでしょうが、ラッキーと思ってほしい。最初の米国での手術でリンパ節に切除漏れがあった以上、再々発はやむを得ない。手術できるのは大変幸運なこと。がんの大きさは三センチ弱です」

　幕内先生はこう説明されたという。

「三センチとはずいぶん大きいね」

　と八並君が尋ねると、

「三センチも五センチも大差ないですよ。たとえ十センチであっても、肝機能さえ良ければ手術には問題ないですよ」

　と、いかにも幕内先生らしい自信に溢れた答えであったという。

　八並君の話を聞いて私もすっかり落ち着いた。三回目ともなれば「手術慣れ」してきた。それに加え、森谷先生と幕内先生に対して絶対的な信頼を抱くようになっていたからでもあった。

妻のために

二度目の転移は比較的冷静に受け止められたこともあり、もし私が死んだら妻の生活はどうなるのだろうか、と真剣に調べてみた。ニューヨークや前回の転移手術のときには、妻には誠に申し訳ないことだが自分の病気のことで頭がいっぱいで、残される妻のことを考える余裕はなかった。手術が無事済んだらその後でゆっくり考えてみようと思っていたのである。

私のような四十歳前後のサラリーマンの場合、住宅取得のための蓄えが少しある程度で特別の資産などあろうはずがない。万一のときには、残された家族は公的および勤務先の遺族年金に頼らざるを得なくなるだろう。自分が死んだ場合のことを人事部に直接聞くわけにもいかず、上西君に調べてもらった。手元にあるそのときのメモによると、

（公的年金＝厚生年金の遺族年金。子供のない妻だけのケース）
・定額部分……年二〇五〇円×二四〇カ月×一・一四四＝約五六万円
・報酬比例部分……約一〇〇万円
（企業遺族年金）
・年額約八〇万円（興銀は当時最も恵まれていたはず）

結局合わせて一カ月二十万円程度である。何とか暮らせないこともない額に見えるが、現在住んでいる社宅を出てアパートを借りるとなれば、その額では普通の生活はできず、当然働きに出ざるを得なくなるであろう。若くしてご主人を亡くし、子供を抱えて苦労している奥さんの話はよく聞いていたが、やはり以前は他人事《ひとごと》であった。いざ自分の問題となり、実際に年金等の金額を計算してみて初めて、この厳しい現実に愕然とした。

日野原重明氏の『死をどう生きたか』の中にもそんな話があったのを思い出した。子供のない四五歳の胃がんの患者が、自分の死後残される妻の生活の備えに腐心しているという話だった。大変胸を打たれたが、私の場合はとても無理な話であった。

ただ、唯一の救いは銀行で団体で加入していた掛け捨ての死亡保険と、大学時代の友人の義理で入っていた生命保険がいくつかあったことだった。がんを患うまでは、保険に入ることはバカげている、そのうち解約しようなどと思っていたが、海外転勤になりそのままになっていた。保険会社の宣伝をするつもりはないが、保険とはまさに私のような事態に備えるものなのであろう。いざがんになって初めて、ある程度保険に入っていてよかったと心底思った。この保険のおかげで、万一の場合も妻は当面の間生活の心配をすることなく暮らしていけるはずである。その間に、妻なりに新しい生活や自分なりの人生を考えて生きてくれるはずだ。

普通の生命保険だけでなく、がん保険に偶然入っていたことも大助かりだった。二十年前は今と違って、一般的にはそれほどがん保険にも関心が高くなかったのだが、三五歳のときに友人ががんで死亡したこともあり、たった一口だけ加入していたのである。おかげでほかの入院保険と合わせ、入院時には一日二万円が支給された。

最近になってから、がん保険からどれくらい給付を受けたのか、保険会社に聞いたところ、入院給付金が二百三十四万円（トータル百五十六日）、在宅療養給付金が百万円（一回二十万円×五）で計三百三十四万円、ほかの入院保険が百二十八万円で、合わせて約四百六十万円であった。

国立がんセンターは当時、個室は少なくほとんどが相部屋であり、すべて健康保険で賄われる範囲内であったから費用はかからず、保険給付金は快気祝いや伊豆の温泉での療養費用にあてた。ただ、入院が長引けば個室に入りたくなる。特にがんの場合、死を覚悟せざるを得ないことも多く、人生最後の日々を家族と共に静かに過ごしたいというのは当然の気持ちであろう。その場合、差額ベッド代だけで月に六十万〜九十万円にもなる負担は、普通のサラリーマンにとって決して楽な金額ではない。半年間の入院なら五百万円、一年なら一千万円を要することも十分あり得る。三年前（一九九七年）に亡くなった文筆家江國《えくに》滋《しげる》氏も、国立がんセンターでの闘病記の中で、「金が湯水のように出てゆく。勢津子（奥様の名前）は『おカネのことは気にしなくていい』といってくれているが、これが気にせずにおられようか。先のことを考えると暗澹たる思い」

と記している。

もっとも、保険については後日、苦い経験をした。自宅を購入するために住宅ローンを申し込んだのだが、無理だと知らされたのである。住宅ローンの借り入れには必ず生命保険を付けることが求められるが、がんを患うと保険に加入できなくなり、住宅ローンの道が閉ざされるのである。現在、サラリーマンが住宅ローンなしに自宅を購入することは、親の支援でもない限り不可能であるから、がん患者は、事実上自宅を持つことができない。

金を貸す側の銀行の立場から見れば、貸し出した住宅ローンが確実に返済されるために、保険を付けるのはごく当たり前のことなのだが、奇《く》しくも銀行に勤務する自分が、このような厳しい事実に直面したのだから皮肉なものである。

社宅暮らしの間に私が死ねば、当然ながら妻は社宅を退出せざるを得ない。妻が衆人の見る中で社宅を片付け、経済的に追い詰められながら新しい住み家を探す姿を想像するだけでもかわいそうであった。今回退院して元気を取り戻したら、真剣に自宅取得の方法を考えようと思った。

三度目の入院

一九八八年一月八日、一年二カ月ぶりに再び国立がんセンター8B病棟の患者となった。婦長以下、七割の看護婦が前回と同じ顔ぶれであった。

「今回も頑張ってください」

「また来たのね。よほど私たちが好きなのね」

「関原さん、今度もまた信じられないほど元気な患者さんね」

そう声をかけてくれた看護婦はみな優しく明るい人たちで、心が和んだ。入院後、直ちに担当の看護婦から簡単なヒアリングがあった。後日閲覧したその日の看護記録の中にある〈患者の性格的判断〉の欄には、

「度胸ある、明るい、行動的、自信家」

とあった。また、〈自分の病気をどう思っているか〉の欄には、

「『すべて先生から聞いて知っています。ですから、その点に関して皆様に気を使っていただかなくてもいいですよ』と話していた。転移を告げられたときはショックだったようですが、今は悲観している様子はありません」

と記されている。

手術に必要な検査は前回とほぼ同じで、慣れもあり不安はなかった。朝、検査が終

わると背広に着替えて病院から出勤し、極力自宅への外泊許可をお願いして、またもや病人らしからぬ生活を維持していた。森谷先生もこの点には寛容でありがたかった。私と相部屋の患者の中には、

「毎日背広に着替えて出かけて行き、食事は外食ばかりでしょっちゅう外泊しているあの患者はどこが悪いのか」

と、看護婦に尋ねる人もいたようであった。確かに私は、手術を控えた普通の患者とは違って見えたはずである。

入院後、一カ月ぶりに受けた幕内先生のエコー診断の際、最も恐れていた事態を指摘された。先生はいつもより時間をかけてゆっくりエコーで腹部を診察された。そして首を傾《かし》げて、

「関原さん、転移はひとつじゃないかもしれませんよ。ほかにも疑わしい個所がありますす」

と言いながら検査リポートを書き始められた。エコーの写真を確認しながらゲージをあて、大きさを測られている。覗き見ると肝臓の図を書いて、右葉（全肝臓の八割）部分に、

「①S8‐4×3㎝、②S8‐3×3㎝?、③S4‐3×2㎝?（注・S8、S4は肝臓の部位を指す）」

と記述された。私は肝を冷やした。

「この一カ月で三つに増えたなら、多発性なのでしょうか」

「一個は確実にありますが、ほかの二つは前回の瘢痕なのか何なのか、はっきりしません。近々CTを撮るはずですから、それと合わせて確認しましょう」

「先生、S8の転移の大きさは三センチ弱だったのに、今回4×3センチとは一カ月でずいぶん大きくなったのですね。しかも三つあるとは。開腹して取りきれるのですか」

「何とかやりましょう」

いつもの強気の幕内先生とは言い方が違っていた。私の不安は一気に増幅した。幕内先生から森谷先生には、

「(転移は)三個と思われますが死角もありCTを」

と診断メモが回っていたことが、後にカルテを閲覧して判明する。

本当に手術で取りきれるのだろうか。そうでないならぜひ、千葉敦子さんが亡くなる前に私に教えてくれた「インターロイキン2」を使った免疫療法を試みたい。「LAK療法」と呼ばれるこの療法は、がん患者の血液から「がんキラー細胞」となるリンパ球を取り出し、これをインターロイキン2という物質で培養して大量に増加させ、体内に戻してがん細胞と直接闘わせる。手術できない肝臓がんに有効とされていた。

この療法は日本ではどこで受けられるのか、またもや従兄の宮村兄に相談した。彼の調査結果によれば、国立がんセンター研究所の関根《せきね》暉彬《てるあき》先生とのこと。早速、森谷先生を通して、関根先生に試みていただこう。森谷先生にお願いすると、先生はしばらく考えておられたが、

「関原さんがそれほどご希望されるなら、関根先生と相談してみましょう」

と快諾された。

手術日は一週間後の一月二一日に決まった。幕内先生のエコー検査の後に受けたＣＴの結果、転移は二つあるようだが術前にもう一度ＣＴを撮って最終確認する、ということになった。この段階でもまだＣＴとエコーに食い違いがあるとは。一度メスを入れた肝臓の、再度の転移の確定診断がいかに難しいかを思い知らされた。

銀行へは十八日まで出勤した。仕事を片付け、上司や同僚に元気で復帰することを誓い、挨拶してから病院へ戻った。その夜、森谷先生から手術の説明を受け、関根先生との相談の結果をうかがった。私の希望を尊重して、ＬＡＫ治療を行うべく、手術の際リンパ球を採取することになったという。しかし、この治療はあくまで研究の一環として試験的に行うものとし、私が一種の実験台になることから、相当高額なその費用は研究所の負担にしていただくことになった。

ムンテラせず

一月二一日、手術の当日の早朝、森谷先生と、大腸病棟のヘッドである北条慶一先生が現れ、驚くべき話を始められた。

「関原さん、昨日のCTでは転移がハッキリ見えませんでした。ひょっとしたら転移がないかもしれないということになり、手術をどうしようかと迷ったのですが、幕内先生がひとつは絶対にある、と診断されています。あの幕内大先生がエコーで確認されているので、とりあえず手術はやろうということになりました」

腹を開いて転移はなかったと言われるのは嬉しいが、ないとわかっているのに開腹されるのはもちろん嫌である。妻や両親が、

「この期に及んで、そんなことがあるものですか」

と詰め寄ったのも無理はないだろう。しかし最後は私が、

「幕内先生があると診断されているのなら、手術をお願いします」

と言って手術室へ向かった。

手術については、父の日記に次のように記されている。

「七時半病院へ。入口でさゆりさんと大槻さんに会う。健夫は九時前に手術室へ入る。一昨年秋と同じである。家族待合室で待機。ジリジリする思いで六時間の予定を待っ

たが二時三五分家族への呼び出しアナウンスで説明室へ。森谷医師より三センチ大のがんが一カ所だけで、ほかにもないかと探したが、それだけだった。状況としては最も好ましい状況との説明。本当によかったとの思いが込み上げてくる。皆も同じ思いのようだ。一旦《いったん》待合室でICUでの面会待ち。四時半に呼び出しがありICUに急ぐ。意外に元気そうで、良かったなとの呼びかけにうなずく様子がよい……」

翌日、幕内先生がICUを訪れて私に言われた。

「がんは肝臓の表面に近い、CTには映りにくい場所にあったのですが、手術は前回に比べ簡単でした。ですが、二回目の肝臓手術のため、癒着を剝《は》がすのに時間を要しました。また、今回切除した部分は横隔膜に接触していたので、その部分の横隔膜を切除して、縫い合わせました」

横隔膜に接触転移していたのであれば、今後、がんが肺へ広がる恐れもあるのではないかと一瞬不安になった。しかし、森谷先生から、切除は完璧であり、前回の手術では結局装着しなかった、抗がん剤を肝臓へ直接注入するチューブおよび支えのポートを埋め込んだこと、LAK療法のためにリンパ球を採取し、関根先生に回したことを知らされ、少し安心することができた。

前回は肝臓の手術ということで臨んだにもかかわらず、結局大腸の切除まで加わったが、今回は肝臓を切除しただけであり、手術直後の回復は予想以上に早かった。消化器を切除すれば絶食の期間が長くなるが、肝臓ならそれも短い期間で済む。手術の二十四時間後には、歩行器なしに点滴を吊《つ》ったバーを支えに歩行を開始することができ、洗面所に向かって洗顔と髭剃りをして、サッパリした気分になった。

ところが予想外のアクシデントが起きた。手術五日後の二六日の夕方、腹部の痛みと三八～三九度の発熱が始まったのである。抗生物質の点滴と水分を補給し、ふとんにくるまってじっとしていると発汗して熱が下がって痛みも治まるが、発熱は翌日以降も毎日夕方になると決まって起こった。

先生方はエコーやレントゲンで肝臓の様子をチェックし、肝臓に直接針を刺して化《か》膿《のう》など何か異変が起きていないかを必死に調べられたが、原因はわからなかった。先生方はみな口々に、

「おかしい、おかしい」

を連発されていた。再度、開腹手術をしてはどうか、とつぶやかれるレジデントの先生もあり、私は大変不安になった。当時の看護記録によれば、私は、

「どうして熱が出るんだ。先生はわからないと言うし……」

「偉い先生が発熱の原因がわからないと言って首をかしげると不安になると（苦笑いしている）」

と何度も言っていたようで、相当にまいっていた様子がうかがえる。

二月一日、発熱の原因を探るためにレントゲンを撮り、翌日、再度幕内先生の診断を仰いだ。先生はエコーでもう一度肝臓をチェックされた後、
「肝臓は問題ないですね」
と言われながら、傷口を長いピンセットでこじ開けられた。悲鳴をあげそうになるほど強烈な痛みが走った。先生が傷口の周りをギュッと強く押したところ、膿《うみ》がどろりと出た。そしてその後は嘘のように痛みや熱が治まった。痛みと発熱の原因は、手術後の腹壁の化膿だったのである。

退院は予定より一週間遅れの二月九日となった。退院に際し、森谷先生よりいくつかの申し渡しがあった。今後、再発要注意の部位は「肝臓および肺」であること。マイトマイシンによる抗がん剤治療はもう行わないこと。再発が起こったときに抗がん剤を直接注入する目的で埋め込んだチューブを血栓で詰まらせないために、引き続き二週間ごとに通院して注射器でヘパリン（抗凝固剤）を注入する必要があることなどであった。

前回と同様に退院後は自宅と温泉で骨休みをした後、およそ一カ月ぶりの二月二二日から出勤した。しかし、平穏な日々はほんの短い間だけだった。二月一日に撮ったレントゲンとその後のＣＴで、実は肺への転移が発見されていたのである。当時のカルテには、

「今回入院時は本人にムンテラ（口頭による病状告知）しない方針」と記されており、その通り、私には何も知らされなかった。〔図⑤〕

図⑤

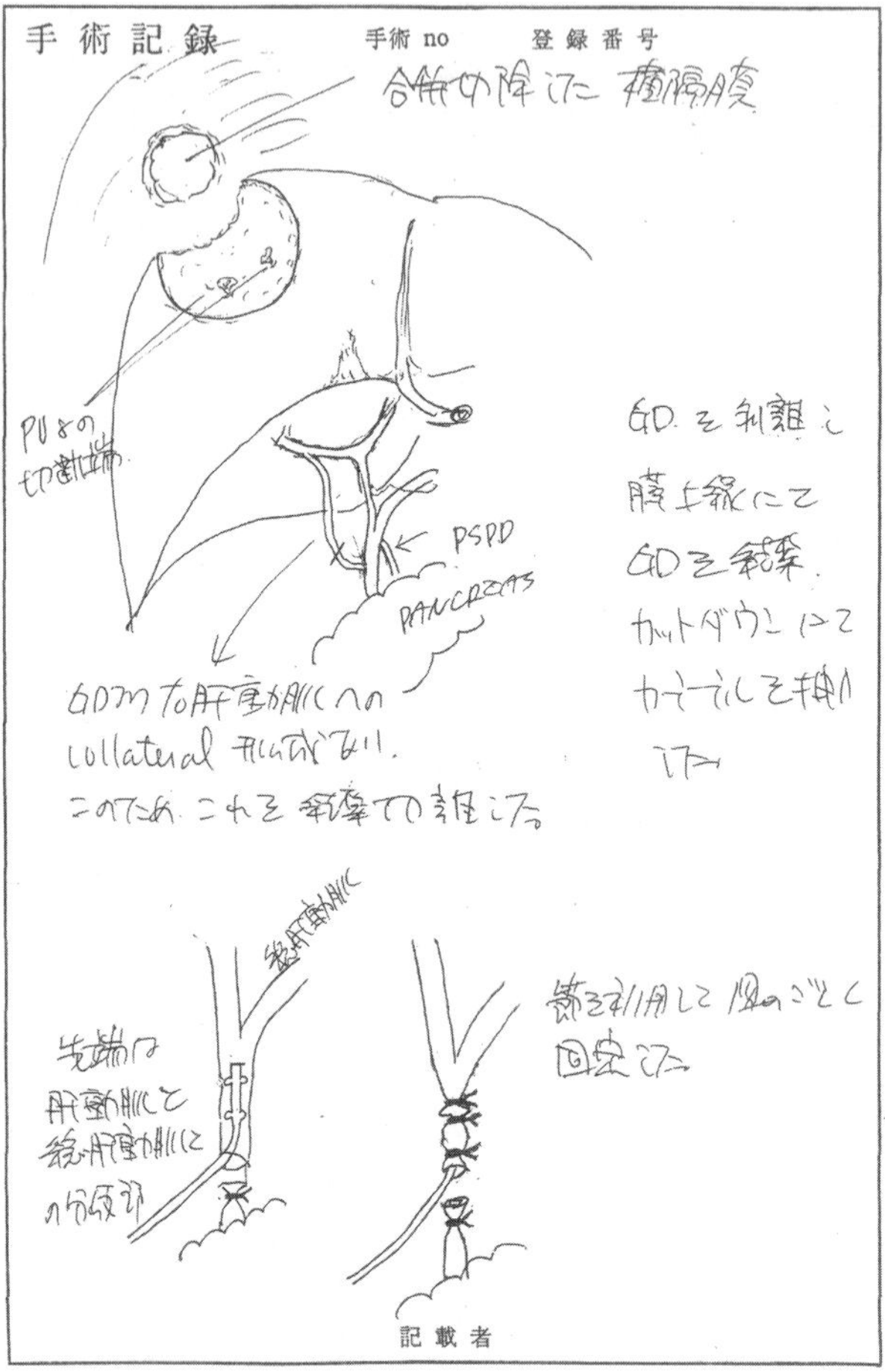

２度目の肝転移手術のカルテから。

第三章

三度の肺手術

どうにでもなれ

二度目の肝臓転移手術を終え命拾いをした私は、もう手術はごめんだと思いながらも、肝臓へ埋め込んだチューブへのヘパリン（抗凝固剤）注入のために、二週間ごとに主治医である国立がんセンター大腸外科の森谷先生を訪れていた。

出勤を再開してからちょうど一カ月目となる一九八八年三月二二日。レントゲンと血液検査の結果を見ながら、森谷先生は、

「体調は術前の状態に戻っていますね」

と言われた後、一呼吸置いて私にレントゲンを見せられた。

「関原さん、実はこの写真に一カ所おかしなところがあります。先日の手術の後、発熱が続いたためにいろいろ検査をしましたね。その際撮ったレントゲンとＣＴで左の肺に影が見つかりました」

先生は淡々と説明を続けられた。

「関原さんには『すべてお話しする』と約束しておりましたから、影が見つかった時点ですぐにお話ししようかとも考えました。しかし、退院を目前に必死に体力回復に努めておられる関原さんに事実を告げても、ただディプレス（落胆）させるだけだと思ったのです。退院の際にもやはり申し上げようかと思いましたが、奥さんと二人で

本当に嬉しそうに挨拶して退院される姿を見て、わざわざ肺転移の事実を告げて落ちこませることはできませんでした。肺の治療や手術は、肝臓手術から体力が回復してからでないと着手できません。まずは退院して元気になってもらうことが先決と考え、発見されたとき、直ちに申し上げませんでした」〔一四四頁図⑥〕

名状し難い衝撃が私の体を突き抜けた。いよいよがんが肝臓から肺へ広がったのである。私が動揺しているのがわかったのであろう。森谷先生はしばらく沈黙された。

「私は四月から六月まで、アメリカのミネソタ州にあるメイヨークリニックと、ニューヨークのスローン・ケッタリング記念病院に研修で出張することになっています。関原さんのがんは進行が遅いという性質もよくわかっていますので、肺転移のお話は私が帰国してからで十分と考えていましたが、一月の手術後の体力回復が予想以上に早く、それなら早くお知らせするほうがいいと判断し、今日お話しすることにしました。大変ショックを受けておられるでしょうし、お辛いことは十二分にお察しします。でも、こんなことで負ける関原さんとは思っておりません。ぜひ肺の手術をお願いします。肺がんを扱う呼吸器外科の土屋先生のことはよくご存じと思い、すでに土屋先生にお願いしてあります。私の出張中、今度は8B（大腸）でなく、土屋先生の7B（呼吸器）病棟に入院し、手術を受けてください。とにかく逃げないで頑張ってください。お願いします」

森谷先生の診察室から出た私は、待合室の椅子に座ったまま、しばらく立ち上がれなくなった。

「また手術か。退院後わずか一カ月半だというのにまた手術か」

どうしてこうも悪いことばかり次々と襲ってくるのだろう。今までは精神力で闘病してきたが、これでもう四回目である。それに、肺転移は今後がんが全身へと広がっていく前触れかもしれない。

転移告知までの時間も、あまりにも短過ぎた。米国で「生存率二〇％」の告知を受けたときや、最初の肝臓転移を告知されたときに匹敵する衝撃に、

「もうどうにでもなれ」

とキレそうになる気持ちが高じたことを、今でもはっきり覚えている。

7B病棟へ

三日後、初めて土屋先生の診察を受けた。それまでの土屋先生は、銀行の同期の友人である上西君の高校の同級生で、私が国立がんセンターにお世話になるきっかけをつくっていただいた存在だったが、その日からは、私の命を直接預ける大事な先生となった。

「残念ながらとうとう先生にお世話になることになりました」

と私は挨拶した。先生は特に診察されるわけではなく、三日前に撮ったレントゲンフィルムを見ながら、

「肺の左葉の末端に一センチ強の影が見えます。九割方転移と思われますが、原発の肺がんの可能性もないわけではありません。まず入院してこれを転移か否か確認したうえで、手術することになります」

と静かに説明された。

図⑥

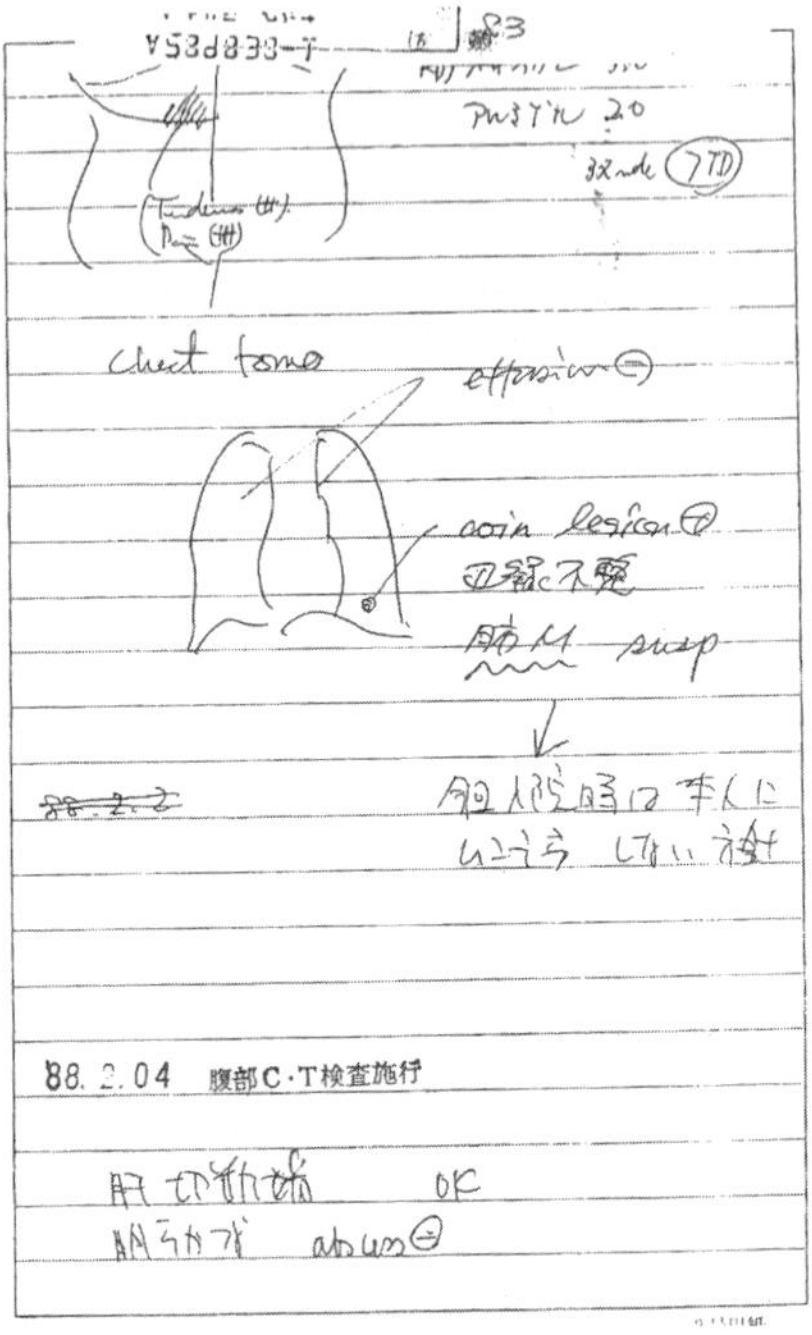

カルテから。最初の肺転移（肺M）。ただし「ムンテラしない方針」。

「手術以外に治療法はないのですか」

「手術がベストです。この種の転移がんに効果のある抗がん剤はありません。手術できるのはラッキーだと思ってください。転移の場合、切除は二〜三センチ程度で済み、肺の機能にはほとんど影響なく、普通の生活や運動にも支障はありません。手術も消化器に比べて楽で、術後十日〜二週間で退院できるはずです。さほど心配はいりませんから、入院の手続きをお取りください」

先生は落ち着いた口調で話された。どうやら手術以外の有効な治療法はない、と諦めた。

「森谷先生にも幕内先生にも、あなたはラッキーだといつも言われています。でも、手術をしないで済むのなら素直に喜べますが、もう四回目の手術ですから、悲しくなります。がんとはこんなにも過酷な病なのですね」

私は自分の心情を率直に述べた。しかし、手術のほかに選択肢がない以上、座して死すわけにいかない。

「覚悟はできております。手術をよろしくお願いします」

こうして私は、四度目の手術を受け入れた。だが、気持ちの乱れは簡単には収まらなかった。驚いたことに、入院待ちが当たり前の国立がんセンターがそのときに限って、

「ベッドが空いたので入院を」

と職場に戻った私に連絡してきた。しかし、さすがに心や仕事の整理がつかず、次にベッドが空くときに回してもらった。もっとも、今回は入院が早くなりそうだと思った私は、次にいつ入院が決まってもいいようにと仕事の整理と入院の準備を早急にすすめることにした。

入院回数が増え、しかもその間隔が狭まるのは、がんが進行し、深刻さが増している何よりの証明であろう。当時の私はそう覚悟していた。四月七日、前回の入院(一月八日)からわずか三カ月、退院(二月九日)から何と二カ月で、呼吸器外科の7B病棟に入院した。三たび国立がんセンターへの入院である。

7Bは呼吸器と食道の病棟で、案内された病室は三人部屋だった。私は真ん中のベッドで、窓側のベッドは七三歳の食道がんの患者。四日前に手術を受け、集中治療施設(ICU)から昨日戻ってきたばかりで、水分が一切取れない状態だった。胸元にのぞく傷は痛々しく、吐き気や痰《たん》などが続き、相当苦しそうな様子であった。

一方、廊下側のベッドは五十歳前後の、やはり食道がんの患者で、明後日手術の予定だった。担当医師から手術の詳しい説明を聞いて相当ショックを受けたらしく、付き添いの家族と、

「手術は十時間もかかるらしい」

「術後十日間は水一滴も飲めない」

「縫合がうまくいかず再手術も十分あり得る」

「死んでしまいたい」

……といった深刻な話を声をひそめてしていた。

食道がんの手術は、同じ消化器でも胃がんや大腸がんとは異なり、頸部《けいぶ》、胸部、腹部にまたがる大手術であり、食道がんで苦闘した高見順の闘病記や彼の詩集『死の淵より』から、ある程度その様子は想像していた。だが、苦悶する患者に実際に両隣を囲まれての入院生活で、（俺はがん病棟の患者だ）と痛感せざるを得なくなった。

病棟は死に直面する日々であった。あの患者のところにはやけに家族が来るなあと思っているうちに、しばらくして朝、部屋がきれいに片づけられ、初めてその方が亡くなったことがわかった。ふだんは病棟の夜はとても静かで、三時間ごとに看護婦が小さな懐中電灯をつけて回って来るだけなのだが、夜中に急に騒がしくなったと思ったら、次の朝、患者さんが亡くなったことを知ることもあった。

静かに読書やCDを楽しみながら、手術を待つ気にはとてもなれなかった。なぜ、もう少しスペースに余裕がある病室で、平安な気持ちで過ごせる病院が望めないのだろうか。日本の医療の貧困を、またもや悲しまざるを得なかった。

このままずっと入院が続き、ここで最期を迎えるのではないかという不安を感じる一方で、土屋先生の淡々とされた態度は、私を少し安心させるものであった。土屋先生とチームを組むレジデントの先生が最初の肝臓の手術と同じ渡辺英世先生で、私のこれまでの手術の経緯をすべてご存じだったことも、なおさら安心できる材料であった。渡辺先生にしても、同じ患者を別の病棟で担当するのは初めてということで、奇縁を感じられたようだった。

恒例の看護婦によるヒアリングも簡単なもので、後で閲覧した看護日記には、

「手術慣れした患者さん」

と記されている。ベッドサイドに現れた看護婦長も、土屋先生や８Ｂ（大腸外科）の婦長から聞いていたのか、

「土屋先生のお友達のようですね。今回も頑張ってください」

と一言あっただけだった。私は今回も先生にお願いして、検査に支障がない限り、極力、出勤と外泊を許してもらった。看護婦も、

「関原さんはいつも病室にいない不良患者だと諦めています」

と笑っていた。これらスタッフを頼りに、まあ今回も何とか切り抜けられるのではないか。入院生活を送るうちには、そんな気持ちも芽生えてきた。

熱心な医師たち

手術に必要な検査は前回までとほぼ同じだったが、肺に見つかった影が本当にがんなのかどうか、また、それが大腸からの転移がんか、原発の肺がんかを確定するために、初めて生検《せいけん》を受けた。てっきり土屋先生が検査されるのだと思い、看護婦の指示に従って検査室のベッドに横たわり、背中を出して待っていたところに、

「土屋先生は手術中なので、私が代わりに検査します」

と言って入って来られたのは、日本の肺がん手術の権威と言われる成毛韶夫《なるげつぐを》先生であった。当時の呼吸器外科は、成毛先生をトップに土屋先生など三人、計四人のスタッフの先生と、三年の実地研修を受けている六、七人のレジデントで構成されていた。大学病院にたとえれば、成毛教授の下、三人の助教授と講師という布陣と考えられるだろう。大学病院で、助教授や講師の患者の検査を教授が務める話などあまり聞いたことがない。がんセンターの上下を超えたチームワークに非常に感心した。

そういえば外来で幕内先生の検診を受けていた頃、幕内先生が休診のため、日本の肝臓がん手術のパイオニアで肝臓外科のヘッドだった長谷川博先生が代診されたこともあったと思い出した。

がんセンターのスタッフの先生間では患者の情報はよく共有されており、担当医で

なくとも時々声をかけていただいたため、すべての先生と顔なじみになった。

チームワークだけでなく、先生方の責任感や熱心さは、患者の私から見ても頭の下がるものがあった。担当医は毎日朝八時前後と夕方から夜にかけて必ず回診に訪れ、土曜日は百％、日曜日もおおむね病室に姿を見せる。週一、二回の教授、助教授の回診がある以外、主として若手の医師にケアが任されている大学病院とは全く違っていた。スタッフの先生方は週に一、二日外来で診察する以外は毎日手術に明け暮れる。森谷先生や土屋先生は各々これまでに三千人以上の手術を手がけられたプロ中のプロである。

もうひとつ、がんセンターで忘れてはならないのが、看護婦たちの驚くほど献身的なケアである。彼女らは、がんに苦しむ患者のケアに携わることに使命感をもっている。親子、いや祖父母と孫ほどの年齢差のある患者にも、どうしてあんなに優しく接することができるのだろうか。医者は威張り、看護婦はツンツンしているという先入観を、私は完全に改めた。

ただ、深夜労働もある重労働であるにもかかわらず、看護婦たちの待遇は恵まれているとは言えない。大半は地方の看護学校出身であり、何年か勤務する中で都会の若い女性の生活を見れば、その使命感が揺らぐのは当然である。彼女たちの使命感が保てるシステムを考えないと、高齢社会の日本の将来は明るくない。

成毛先生の検査が始まった。以前、『名医に聞く』という本の中で、成毛先生が、

「私の開発した生検針はごく細いもので痛くありません」

と話されていたことを思い出し、

「先生、本の通り痛くないのでしょうね」

と念を押すと、

「大丈夫ですよ」

と言いながら、あっという間に背中に麻酔の注射をされた。やがてモニターに肺全体が映し出され、その中に円形の黒い影がはっきり認められた。

「関原さん、ここにあるでしょう」

先生はそう言われて生検針を黒い影に正確に刺し、吸引器で細胞を吸い出された（カルテには、大きく「肺針生検命中」と書かれている）。どうかそれががん細胞でないようにと願いつつ、二十分間に及ぶ検査の一部始終をこの目で確かめた。

話はやや横道にそれるが、がんセンターにおいては、検査だけでなく手術の痛みのコントロールにおいても、特筆すべき技術を駆使していた。今ではすっかりポピュラーになった硬膜外麻酔である。脊髄《せきずい》を包む硬膜の周囲にある外腔に極細のチューブをさし込み、薬を入れて周辺の神経を麻痺《まひ》させる局部麻酔のひとつである。

ニューヨークでの最初の手術では、術後三時間ごとに皮下注射で痛みを止めてもら

ったが、それでも痛みは残り、おまけに意識がはっきりしなくなった。ところが硬膜外麻酔だと、意識ははっきりしているのに、痛みが全くない。これは大変に助かり、手術に対する抵抗感を減らすひとつの要因となった。

麻酔に対する認識が一変したのは、麻酔科に平賀《ひらが》一陽《かずあき》先生がいらっしゃったからでもある。初めてお会いしたのは前回の肝臓再転移手術で、手術前々日に私の病室を訪れて自己紹介された。

「あなたは四回目の手術とうかがいましたが、お若いのに大変ですね」

「運命ですから仕方がありません。先生方のおかげでここまで生きてきました」

「銀行にお勤めらしいですが、職場や仕事も気になるでしょう」

「興銀に勤めています。銀行にはすべて話してあり、覚悟もしておりますので、それほど気になりません」

「私の故郷の友達で興銀に勤めている男がいます。多分ご存じないでしょうが、梅津といいます」

またもや世界の狭さを感じざるを得なかったのは、この梅津氏こそ、私の最も親しい先輩であり、ニューヨーク支店でも一緒だった梅津興三氏だったからである。梅津氏と私は家族ぐるみの付き合いをしており、ニューヨーク以来、私の病気のこともいろいろと心配してもらっていた。

「梅津さんとご同郷ということは、先生は宮沢賢治を生んだ花巻のご出身ですか」

梅津氏が共通の知り合いであったことから話が弾み、平賀先生からは麻酔についてさまざまなお話をうかがった。麻酔は中枢神経全部に作用するため痛みを感じる神経だけ抑えることは無理で、呼吸機能・循環機能まで働かなくなってしまうこと。この状態をいかにうまくコントロールし、手術後に元の状態に戻していくかがポイントであり、要するに麻酔がうまく働かないと痛み云々《うんぬん》の話ではなく、生命自体が危ぶまれる事態に陥ること。麻酔は極めて重要な医療であることがよくわかり、認識を一変することになった。

手術慣れ

成毛先生による肺の生検が行われた翌十三日、幕内先生の肝臓の検査を受けた。

「関原さん、残念ながら今回はご協力の機会はありません。土屋先生お一人に手術はお任せします」

幕内先生らしいユーモアに溢れる「異常なし」の診断に安心した。何しろ三カ月前に手術したばかりだ。異常があれば、今度こそ万事休すなのである。

その日の夕方、土屋先生から、

「検査はすべて終了し、予定通り手術をします。ただし手術は来週は無理で再来週になります。手術日が決まる二一日の夕方には病院に戻ってください」

と八日間の自宅待機を言い渡された。うんざりするように長い検査入院も、三回目ともなれば諦めの境地である。不平を言う気も起こらず、十四日より一週間、普通の銀行マンの生活に戻った。しかしこの間もベッドは空いたままである。つまりそのコストは実質的に国庫で賄われているわけで、米国では考えられないシステムだと思った。

土屋先生に言われた通り、二一日の夜には病院に戻り、手術日が翌週月曜日の二五日に決まったことを知らされた。

翌二二日の夜、手術についてのインフォームド・コンセントがあった。土屋先生はちょうど緊急手術を終えられたばかりで、手術着のまま来られた。先生の説明では、手術は二五日の朝九時から十二時まで三時間の予定で、肝臓手術に比べれば短いものだという。成毛先生が行われた生検で、組織が悪性であることは確認されたのだが、それが転移によるものか、原発性なのかは判明しなかった。

最も予想されるのは大腸からの転移であり、その場合は二〜三センチの部分切除で済む。もし原発性の肺がんであれば、左肺の下葉すべてを切除することになる。肝臓の場合とは異なり、肺は術前の検査では原発・転移の判断は難しいようだ。そこで開胸した後、まず転移であることを前提にいったんがん部分を切除する。それを直ちに病理検査に回して調べる。そこで原発性のものとわかった場合には下葉全体を切除する、という手順になっているという。

二〜三センチの部分切除でとどまれば肺の機能には影響がないが、背中の肩甲骨からわき腹にかけて切開するため、傷は相当大きなものとなる。痛みではないが不快な違和感が残り、解消するまでに二カ月かかるそうだ。

手術日の二五日朝、五時半に起床した私は、洗顔・髭剃りの後でベッドに腰かけ、これまでの三度の手術を目を閉じて回想した。そして、

「どうか今回も無事に乗り切れますように」

と静かに神に祈った。

病院には、前回までの手術同様、妻、京都の両親、妻の両親が早朝から駆けつけ、みな口々に激励してくれた。

「そんなに元気なんだから、きっと大丈夫」

手術の準備は消化器の場合とは異なり、術前の浣腸などもなく極めて簡単なものであった。そして手術は予定通りの時間で終了した。先生の予想通り、摘出されたがんは大腸からの転移であることが確認され、部分切除だけで済んだ。カルテには、

「第五肋骨床開胸。胸水（－）、播種《はんしゅ》なし。リンパ節転移も触知できず。tumor（腫瘍）は横隔膜面にあり、１・５㎝。手術時間２ｈ２０。出血量１３０cc」

と記されていた。前回の手術まではかなり細かく記されていた父の日記にも、このときの手術に際しては今までと違って淡々と、

「十一時五十分手術終了。主治医土屋先生から経過説明あり」

としか記述されていない。家族も次第に「手術慣れ」してきていたのだろう。

手術後は肺機能が落ちないようにと、その夜はＩＣＵで一晩中、二時間ごとに起こされ、体を動かせられた。翌朝六時半に渡辺先生が来られ、早くも胃管を外された。さらに肺に痰が残っていないかを確認するため、肺にファイバースコープを挿入されたが特に問題はなかった。午後には尿管も外されて、病室に戻ることができた。夕方になって水を少量飲んだが特に噎《む》せることもなく、土屋先生は、「関原さん、もう大丈夫ですよ」と言われた。手術から二日後の二七日に流動食、二八日に五分粥、そして二九日には全粥と、一気に食事のレベルが上がり、三十日には硬膜外麻酔も外された。先生に、「来週早々には退院できるでしょう」と太鼓判を押され、われながら驚くほどの回復の早さ。肺の手術は大腸や肝臓に比べるとずいぶん楽で、退院も実に早いものだと、信じがたいような気持ちだった。

三十日、土屋先生から「五月二日に退院」と告げられた。五月一日（日曜日）の日記には、こう記されている。

「明日退院。今日ががんセンターでの最後の日であってほしい、今回が最後の入院・

手術であってほしいと切に願うが、甘い期待は禁物だ。再度戻って来る可能性のほうがずっと高いことを覚悟して、その日まで毎日、充実した日々を過ごそう。

ゴールデンウイークの日曜日、病院は静かだ。でも土屋先生は回診に来られたし、成毛先生の姿も見えた。国民の大多数が連休を楽しんでいるはずなのに、先生方の献身ぶりには本当に頭が下がる」

退院の日はみごとな五月晴れであった。病院の外に出ると新緑が目に鮮やかで、この青空と新緑を眺めると、元気になって退院できたという喜びが心の底から湧いてきた。自宅までの帰り道、足腰の状態が元に戻っているかどうか確かめるため、青山のスーパーに立ち寄った。自分でカートを押してみたが、フラフラすることもなく、しっかりした足取りで歩くことができた。ただ、土屋先生がおっしゃった通り「背中に鉛を背負ったような違和感」は強かった。同じがんの手術でも、腹部を切ってできた傷と背中を切ってできた傷とでは、ずいぶん違うものだということを知った。

これまでの退院後と同様に、一週間自宅で静養した後、翌週は四泊五日で伊豆の温泉で休養した。今回もまた親友曽我部君の紹介だった。出勤を開始したのは五月十六日（月曜日）からであった。仕事にも日々の生活にも何ら問題はなく、手術前と同じ普通の暮らしに戻ることができた。

転移か瘢痕か

退院以降の比較的平穏だった日々については、再び日記から適宜引用する。

七月五日（火）

少し日焼けして、三カ月ぶりに米国から帰国された森谷先生の外来診察を受けた。先生は、

「土屋先生から肺手術のお話をうかがいました。術前に診断された通り、原発ではなく転移の早期発見であって、うまく切除できてよかったですね」

と、まずは手術の成功を喜ばれた。

「今回も早く発見していただき、命拾いしました。ところで、アメリカの手術の印象は率直なところいかがでしたか」

「手術は日本です」

森谷先生は迷わず即答された。

私はベッドに横たわり、腹部の触診を受けた。

「関原さん、お気の毒にずいぶん切りましたね。ズタズタですね。でも今回の背中の傷はきれいです」

「先生、今度はもう秘しておられることはないでしょうね」

「肺転移の説明が遅れたのは、前にお話しした理由によるものでお許しください。関原さんにはもう、特に隠していることはありません」

「肝臓への抗がん剤注入は、いつから始められるのですか。せっかくチューブが入っているのですが」

「今しばらく様子を見てからです。残念ながらあなたの場合、通常の抗がん剤治療は、あまり効果がないようです。幕内先生の診察結果を踏まえて考えましょう」

このようにフランクに話せるのは本当にありがたい。

七月十五日（金）

ニューヨークから来日中の新谷先生を前田外科に訪ね、これまでの経緯を報告した。

「近況は時々お手紙でお知らせいただいていますが、今年は肝・肺と二回続けて手術されたことを知り、心配しておりました。相当やつれておられると想像していましたが、全くお変わりなく安心しました」

「先生のおかげでギリギリの段階でがんを発見し、ニューヨークで思い切って手術を受けた結果、こうして生きています。もしあのとき診察が遅れたり、日本で手術したいと言って帰国したりしていたら、今ごろ死んでいたでしょう」

「再発のつど、日本の秀れた医師によってうまく切除されているので、ともかくあと一年頑張ってください。再発するものは五年以内にほぼ出尽くします」

「特別の注意事項があればご教示ください」

「食事です。ビタミン、カルシウムを十分にとって、魚中心の生活に切り替え、もし肉を食べるなら鶏肉で補ってください」

「日本の医師たちは、何を食べてもよい、食事いかんで新たに大腸にがんができるものではない、と言っています」

「私が申し上げているのは大腸のことだけではありません。人間の体全体のバランスや健康を維持する観点からです」

「来春は内視鏡による診察をお願いします。今回はこうして先生に元気な姿をお見せしたく参上しました。次回も元気でお会いしたいものです」

「私も医師として、元気な患者さんの姿を見るのが一番嬉しいことです。また、元気でお会いしましょう」

八月十七日（水）

人事部の某氏から、ある行員の奥様が、都内の有名病院で子宮がんの手術を受けたが、肝臓に転移があり、病院は手の打ちようがないとの診断、何とかならないかと相談があった。肝臓なら幕内先生に相談する以外にないと思い、八並君と二人で幕内先生の部屋を訪ねた。先生は持参したＣＴのフィルムを見て、

「これなら何とかなりそうだ。連れていらっしゃい。ただ、肝臓は私が診ますが、がんは原発の先生にフォローしていただく必要があるので、適当な先生を紹介しましょう」

と明快かつ親切に対応してくださり、感謝の気持ちでいっぱいになった（この患者は今も元気で、私は命の恩人と感謝されている）。

近々ロンドンに赴任する八並君は、「関原のことをくれぐれもよろしく」と頼んでくれた。先生から、「関原さんの再三の転移は、米国での手術が不十分であったことが原因ではないかと思う」との話があり、小生が、「早期の手術を優先したのですから、あれでやむを得なかったと今も信じています」と答えると、

「大腸がんは通常進行が遅く、帰国して手術しても十分間に合ったと思いますよ。アメリカの手術時間は確かに短いし、患者の負担は軽い。そして、術後のクオリティ・オブ・ライフを優先するのは良いけれども、半面、手術を最小限にとどめる傾向にあり、不十分な結果に終わるケースもあるようです。一方、がんセンターの治療は、社会主義国の運営と同じで、コストや時間は全く無視し、唯々《ただただ》、完璧を期すことに専念している」

と日本の手術優位を強調された。この方針が、不要な拡大手術につながるという批判を呼んでいることも確かだ。日米どちらがよいか一患者にはわからないが、実際に米国の手術を直接見てこられた森谷、幕内先生からは、ともに日本の外科医のプライドを超えた確信に近い気迫を感じた。

最後に幕内先生は、

「関原さん、四回の手術は本当にご苦労様でしたが、医師からみると極めてラッキーで、宝くじに連続四回当たったようなものです。定期的に私の診察と検査部での検査をダブルで受診して、再発がわかれば直ちに手術します。三年大丈夫であれば、何とか免れられるでしょう」

と強調された。

十一月十六日（水）

四カ月ぶりに幕内先生の検査を受診する。九月の検査部の検査は異常なしであった。検査が終わり、幕内先生は、

「関原さんには隠さずに申し上げます。肝臓のＳ４の部分に２×２センチの異物があります」

と、たった今写された写真を見せて説明された。確かに誰の目にもわかる異物だ。

（ああ、また転移か、いよいよダメか）

と落胆しつつ、

「先生、転移でしょうね」

と尋ねると、

「今年一月、転移の疑いありと判断し、開腹手術をしましたが、疑わしい個所二つのうち、ひとつは前の手術の瘢痕と判明しました。この異物は、それとほぼ同じ場所であり、瘢痕の可能性は高いと思います。しかし、要フォローです」

「要フォローとはどうするのですか」

「三カ月ごとに私が診察します。その間は全く普通の生活で大丈夫です」

「再来週ＣＴ検査の予定ですが……」

「それではＣＴでもチェックし、何かあれば適切に処置します。安心してください」

「仮に転移であれば手術できますか」

「多分大丈夫でしょう。あまり心配しないでください」

「どうもありがとうございました。手術となればまたよろしくお願いします」

非常に暗い気持ちで退室し、早速妻に電話で報告した。妻は、

「幕内先生の診断だから、もし本当に疑わしいと見ておられるのなら、三カ月ごとにフォローとはおっしゃらないはず。ＣＴやアンギオ（血管造影装置）等で確認されると

思うわ。だからきっと大丈夫よ」
と比較的冷静だった。

十一月二二日（火）
森谷先生は幕内先生の所見を見ながら、
「関原さんは二回の肝臓手術で三カ所切除しました。そのうちのひとつは、手術の難しい深部で、メスでえぐり出すように切除したため、このような異物はよく見られます。来週のCT検査の結果を見て考えましょう」
と淡々と説明された。先生方にとってはよくあるケースなのだろう。ジタバタしても始まらないと覚悟する。

十二月六日（火）
CTの結果を聞くため、午前六時、真っ暗のうちに家を出て病院へ。九時過ぎに看護婦が現れ、
「関原さんの診察の順番ですが、CTの結果が届いていません。至急チェックしますからしばらくお待ちください」
とのこと。イライラしながら待つこと一時間、森谷先生に呼ばれて入室すると、

「関原さん、申し訳ないがCTの結果がまだ出ていません。CTを解読してくれる専門の先生を捜しましたが、手術中で見当たりません。結果は来週まで待ってください。もし来週に間に合わなければ、病院長が直々にお詫びし、善処しますので、今日は森谷に免じてお許しください」

結果が届いていないならどうしようもない。

「肺のレントゲン結果はどうでしたか」

「肺は異常ありません」

また一週間の重苦しい毎日を覚悟する。

十二月十三日（火）

森谷先生から診察室に呼ばれ、

「関原さん、大丈夫です。私も心配で直接検査部に出向き、フィルムを見てきましたが、幕内先生の指摘箇所は瘢痕でした」

「ああホッとしました。ありがとうございました。これでゆっくりスキー場で年を越せます」

「骨折しないように注意して、ゆっくり楽しんでください。何しろ今年は前半に二回も手術され、大変な年でしたから」

十二月三一日（土）

宮城蔵王の遠刈田《とおがった》温泉で大晦日。八四年二月のアメリカ・ヴァーモントでのスキー以来、五年ぶりの雪の感触を楽しむ。よくスキーができるまでになったと感慨を覚えつつ越年する。

一九八九年二月一日（水）

幕内先生の診察日。エコー診断の後、

「昨年十一月末に撮ったCTのフィルムを、先生の目でも見てください。検査部では問題なしとの診断でした」

とお願いする。先生は早速袋からフィルムを取り出し、プロジェクターで拡大してご覧になる。

「大丈夫です。この場所が切除跡ですが、全体としてはほぼ、手術前の状態に再生しています」

私も術後の自分の肝臓を見るのは初めてである。あれだけ切除したわりに、誰もが知っている肝臓のあの形になっていることに驚く。幕内先生は、肺の検査リポートにも目を通しながら、

「肺も問題ないようで何よりです。肺のほうが少し遅れて転移が現れるので、今年いっぱい要フォローです。肝臓は二回目の手術後一年余り経過し、大きな山は越したと思います。転移は術後一年以内に現れるケースが多いからです。あなたの場合、八六年十月のがんセンターの手術を第一回と考えれば、八七年十二月の肝転移（手術は八八年一月）以後、一年たっても現れてこないので、見通しは明るい気がします。今年の夏を越せば、大丈夫ではないでしょうか。この間、問題が発生したら、私や土屋先生が手術すれば大丈夫です」

と言われた。

「そんなに何回も手術できるものですか。また、私のように実際に何回も手術している患者はいるのですか」

「あなたはラッキー、強運ですよ。内臓のがん手術をこんなに何回もできるのは、極めてめずらしいことです。先日もお話ししましたが、宝くじに四回続けて当たったようなものです。大腸がんはほかのがんに比べ性質がよい（悪性度が比較的小さい）こと、手術できる場所への転移、しかも早期発見、そして手術に耐えられる体力・気力と、ラッキーそのものです」

「土屋先生は肺より肝臓が心配と言っておられますよ」

「お互い、自分の領域より相手のほうを心配しているのは面白いですね」

天下の名医とこのような会話をする患者は少ないだろう。八並君ら良き友人のおかげと感謝する。この検査の結果、ゴールデンウイークまでは、安心できそうだ。

同病者との交流

八八年の秋頃から、同病に苦しむ人たちやそのご家族から、私に相談が舞い込むようになった。私が大腸、肝臓、肺の手術を受けながら元気にやっている話が少しずつ外に伝わったからだ。

私は単なる若いがん患者に過ぎず、自分の心さえ始終揺れ動いており、本音を言えばとてもほかのがん患者の相談に乗れるような状態ではなかった。しかし、がんに向き合って必死に生きている姿を見せるだけでも彼らの役に立つものならと、積極的に対応することにしていた。現在までにかかわりあいのあったがん患者は、入院仲間を除いても三十人は下らないであろう。ただ、あくまで私は患者に過ぎず、病気そのものについては森谷、幕内、土屋先生に多くの患者の診断をお願いすることになった。ここで紹介する三人の患者——うち二人は銀行の特に親しい後輩——は、先生方ともかかわりの深い人たちである。

上原さん

八九年四月二五日、森谷先生が診察の後で突然、

「関原さんに直接関係ない話なんですが……」

と前置きされたうえで、こんな話を始められた。

「実は私の患者さんで、手術を拒絶している方がおられます。私が昨年三月、大腸の手術をした後、がんセンターとほかの施設でフォローしてこられましたが、最近、ほかの施設で肝臓への転移が発見されました。手術を勧めたのですが、手術は受けないで食事療法でいきたいと抵抗しておられます。ひとつの原因は、私が転移を発見しなかったことに、やや不信を抱いておられるようです。しかし、これは単なる検査時期のズレに過ぎないと思います。私が患者を説得できないのは、医師として能力を欠いているためと思わざるを得ず、反省していますが、せっかく手術ができるのに、受けないとおっしゃるのが残念でなりません。手術を受ける、受けないを決めるのはは患者の権利ですし、これ以上詳しいお話は患者さんのプライバシー侵害となりますが、もし関原さんが、直接会ってご自身の手術の体験をお話しいただけるなら、大変ありがたいのですが……」

「手術をするかしないかはケースバイケースで、患者ごとにいろいろの考え方がある

ことはよくわかります。しかし、先生に助けてもらった命です。私にできることは何でもしますから、必要があればご一報ください」

その日の午後四時過ぎ、先生から銀行に電話が入った。

「例の患者さんに関原さんの話をしたら、ぜひ会って話を聞きたいと申されたので、ご自宅の電話番号をお知らせしました。電話があれば、一度会ってお話しください。現在されている食事療法というのは、ビタミンの大量投与のようです」

「私はアメリカで『ビタミンCでがんと闘う』と題した本を読みました」

「日本にもその治療を手がけている先生がいるようです。手術をしたうえで、その治療を受けるならともかく、手術を拒否して、治療をビタミンに絞るのは合点がゆきません」

「私も現代医学で可能なことはすべてやったうえで、付加的にさまざまな治療を試みるのが本筋のように思いますが」

翌日、患者の奥様から電話があり、翌々日の二八日、東京・大手町のパレスホテルのロビーで初めて奥様にお目にかかった。プライバシーの問題もあるのでお互い身元を明かさず、私のほうから簡単に体験を話したのだが、私が四回手術したといっても、健康人と全く変わらない姿に半信半疑の様子がうかがえた。しかしよく考えれば、手術をするか否かという人生の重大決断をするのである。それなのに話を聞いている当の相手がどこの誰ともわからないのでは、半信半疑になるのも当然であろう。そう思い、私は自分の名刺を出して身元を明らかにした。

それを受けて奥様も安心されたのか、

「興銀にお勤めですか。主人の勤務先は興銀と長い取引関係があり、主人はその役員をしております」

と身元を明らかにしてくださった。相手の方は上原さんといい、大手デパートの役員であった。上原さんは、ビタミンの大量投与療法を受けるため、明日から入院されるとのこと、また、手術拒否の理由は、親族の何人かががんで亡くなったが、いずれも手術した結果、命を縮めたと考えているからだそうだ。手術によってがん細胞が暴れ出し、がんが一気に広がったと信じているのだという。そこで私は、再度説明した。

「手術を勧めているのは、日本でも一流の医師です。彼らが大丈夫だと言っている以上、まず手術を受け、そのうえで気の済むまでさまざまな治療を受けてみてはどうでしょうか。せっかく手術ができるがんだというのに、そのチャンスを失うのはバカげています」

私は自分自身の四年半にわたる四回の手術の経過を、再度詳しく説明した。そして、「週刊朝日」の連載「がんフロンティア」の中からコピーしてきた、幕内先生の「肝がん」、土屋先生の「肺がん」を手渡した。奥様はようやく納得され、

「主人を説得する確信がもてました」

と喜んでくださった。私も説得の甲斐《かい》があったと、嬉しくなった。私がビタミン療法についてある程度理解しており、その上で説得したこともよかったようだ。全然知らないものを頭から否定したり、逆に知らないものを積極的に勧めたりしても、患者は当惑し、暗に反発するものなのである。

森谷先生には、夫人との話を手紙に書いて報告しておいた。

結局、上原さんは、五月に入って手術を受けた。五月三十日、上原さんを見舞った日の日記には次のように記されている。

「上原さんを見舞う。術後二週間、肝・肺の両方を同時に手術した六五歳の患者とは思えない元気な姿に驚く。『手術を拒否するつもりでしたが、関原さんの勧めで思い切って手術を受けてよかったと喜んでいます。来週退院の予定で早く山積みの仕事を片づけたい』と、意欲満々は何よりだ。ただ、肝臓の転移が、予想外に大きかったとのこと、未だ肝臓に細いチューブが挿し込まれていたのは気がかりだ……」

その年の夏、引っ越しが決まった自宅マンションの家具を見るために、妻と共に上原さんの店に出かけた。喫茶店でお茶を楽しみながら、がん宣告から手術、そして復調の経緯を聞いた。とても三カ月前に大きな手術を受けたとは思えないお元気な姿を確認して嬉しかったが、十一月には再度の転移が発見された。その後は入退院を繰り返し、結局、術後一年半後の翌年の十月、死去された。

果たして手術をお勧めしたのが良かったか。それについては今も釈然とせず、がん治療の難しさの一面を教えられた。奥様は今も口癖のように私におっしゃる。

「関原さんがお元気なのは奇跡です。絶対無理してはダメです。早くリタイアしてください」

喜吉憲君

八八年十一月、銀行の人事部からこんな話を受けた。アトランタ駐在員事務所の喜《き》吉憲《よしけん》君（首席駐在員）ががんを患って入院し、悩み苦しんでいるので君に相談に乗ってもらったらどうかとアドバイスした、という。相談があればよろしく、という依頼であった。

喜吉君は親しくしてきた二年後輩のナイスガイである。彼の身体のどこにがんがあるのか、手術したのか否かも全く不明であったが、私ががんになってから四年後に、私と同じアメリカでがんに苦しんでいるというのは衝撃的な話であった。そこで私は直ちに、同じアメリカで手術をしたときの体験や、若干のアドバイスを添えて、見舞いの手紙を書き送った。すると、早速返信が届いた。

「関原様
心暖まる励ましのお手紙、有難うございました。何度も読ませていただきました。先日、人事より貴兄に相談に乗ってもらうようアドバイスがありましたが、私としてはまず自分自身の心の整理をつけてからと考えておりました。
退院後一週間たち、化学療法が自分の体及び精神に与える影響も余裕を持って受け入れることができるようになりました。昨日（十二月三日）は、私のオフィスのクリスマスパーティに出席し同僚と楽しいときを過ごしました。（中略）
私の場合、悪性リンパ腫ステージⅡ - A（腫瘍は複数だが腹腔《ふくこう》以外に転移していない）との診断で、十一月二三日に第一回の化学療法を受けました。治療期間は約百五十日と長丁場です。化学療法にともなう副作用の影響はこれからですが、お蔭様《かげさま》で、貴兄のお言葉の如《ごと》く、『堂々と立ち向かえる』心境です。（中略）
明日で退院後二週間になります。体調もよく、仕事へのファイトが盛り上がっています。調子にのり過ぎて度を越すことのないよう自戒しております。幸いにして、当地はクリスマス月に入り、ビジネスのテンポも通常より遅くなりますので、私としても若干気が軽い思いです。貴兄のアドバイスの通り、『病は天の与えた休日』と割り切り、これまでの自分とは少し違う時間の使い方をしてみようと思っております。
貴兄の暖かいお心遣いに感謝して、

一九八八年一二月四日

喜吉憲」

森谷先生の定期診察日だった十二月十三日に、この手紙についての先生のコメントを求め、私が何度も読んだ千葉敦子さんの『ニューヨークでがんと生きる』を同封して、手紙で報告した。このとき初めて、私が転移を繰り返して四回手術を受け、今も闘病していることを書き添えた。彼からすぐ、次の返事が届いた。

「関原大兄

（中略）さて、千葉さんの著書及び十二月十三日付けのお手紙、有難く受け取らせていただきました。千葉さんの本に同封されていたもう一通のお便り、貴兄のこれまでのたくましい生き方に感銘を覚えつつ読ませていただきました。特に、『この病気は休養していれば、また何々を止めていれば治癒するものでないだけに、仕事も十二分に消化し、精神的なタフさをキープすることも極めて重要』とのご指摘、全く同感であり、まさしく私の現在の心境です。

私の場合、ステージⅡ - Aで、これまで四回もの大手術をされた貴兄とは、この病気が肉体・精神に与えるインパクトの大きさに格段の差があるように感じました。貴兄のかかる体験から出たアドバイスに重みを感じます。これは、千葉さんと同じですが、私も病気の扱いについてはオープンにしており、家族、オフィスの同僚・部下、親しい米国の友人には、病名、治療の内容、今後の見通しについて、説明してあります。日本の家族にはまだ話してありませんのは、日本では一般的に『がん』＝『不治の病』＝『いずれ死ぬ』と余りに悲観的なイメージが強く、私の母もその一人であると思い、電話では十分私の気持ち、考え方を説明できないと判断したからであります。いずれ（できれば、春の海外拠点長会議の際に）帰国した折り、直接会って十分説明するつもりです。それまで一人住まいの母に無用な不安、苦しみを与えたくないというのが私の気持ちです。私の体調について心配して下さっている興銀内の友人、日系取引先の親しい方々にも、米国の友人同様に本当の話を打ち明けたい衝動にかられることがしばしばありますが、ためらわれます。故陛下の本当の病名がお亡くなりになられるまで公にならなかったことを考えますと、どうしてもそういう結論になってしまいます。

小生のために貴兄の主治医よりアドバイスを求めていただきありがとうございます。私自身アメリカの医療を百％信頼している訳ではありません。医療システム、及び看護婦・技術士に荒っぽい点が散見され、米国製の工業用品が日本のそれと比べ信頼性が落ちるのと同様の見方をしています。ただし、幸いにして、私の場合、主治医（＊）、ナース共に信頼を置いています。

＊最近まで、ニューヨークのスローン・ケッタリング記念病院で働いていたコーネル大学出身の医師。若いが、権威主義的でなく、私の質問に率直に答えてくれる点が気に入っている。

（中略）実は、貴兄のお便りにも触発され、また副作用が軽く心の余裕が出て来たせいもあり、さらに、それと共に化学療法が本当に効いているのかといった新たな不安が高揚したこともあり、私の主治医と別添メモをベースにいろいろと話し合いました。その結果、治療効果を見るためのＣＴスキャンを、去る一月四日に受けました。その結果は、『腫瘍の大きさと数が顕著に減少』とのことであり、寛解《かんかい》に至る第一関門は通過しつつあり、ひとまず胸をなで下ろしているところです。最近は体調もよく、主治医にジョギングを開始したいと申し出たところ、無理せずゆっくりやるならよいとの許可も得ました。主治医との話し合いの過程で、生検所見、入院時治療記録、化学治療の投薬記録のコピーをもらいました。一時帰国した際には、リンパ腫の専門医に相談を受けたいと思っております。貴兄にご紹介をお願いすることになると思いますが、その節はよろしくお願い致します。（中略）

先に引用させていただきました貴兄のアドバイス通り、仕事と治療を両立させつつ、充実した毎日を送ることができる自分を幸せと感じております。貴兄におかれても、ご自愛の上、今後とも本行の経営計画の大事なお仕事、益々の成果を期待させていただきます。

敬具

一九八九年一月八日　喜吉憲」

年が明けた一月十七日、森谷先生に喜吉君の手紙を見せて、再度コメントを求めたところ、

「自分は専門医でないので、専門医の意見を聞いてみましょう」

と約束いただいた。一月二一日に森谷先生から手紙が届き、国立がんセンターの下山正徳先生（当時化学療法部長、現在ＮＰＯがん臨床研究機構理事長）の意見として、喜吉君の受けている治療は、米国ではごく普通の治療であり、効果も上がっているので、このまま米国人医師による治療を続けるのが良い、という内容であった。森谷先生のご厚意、特にわざわざ日本でこの治療の最高権威の意見を徴し、手紙で知らせていただいたことには感激した。早く知らせれば喜吉君は喜ぶであろうと、早速彼に手紙を書き、森谷先生にも礼状を書いた。

三カ月後の四月十八日、出張で帰国した喜吉君に会い、昼食をともにした。彼は化学治療の副作用で頭髪を完全に失い、かつらをつけていたが、元気そのものだった。ただ、やや気になったのはがんについての知識が比較的乏しく、現在寛解中というこ

ともあって案外楽観的に考えていることだった。彼にとっては今の仕事が生き甲斐で、しばらくアトランタにとどまって仕事を続けたい希望が強く、長い人生をトータルに考えたときに今何が大切か、再発したときどうするのかをあまり考えていないようであった。そこで私は婉曲《えんきょく》に帰国を勧めたつもりだったが、真意は十分には伝わらなかった。

心配は当たった。六月下旬、アトランタの喜吉君から電話があり、これまで寛解状態に入れば再発リスクは三〇%という説明を受けてきたが、化学療法が終わりに近づいた時点で五〇%程度に変わってきたのだという。ぜひ下山先生に直接会ってコメントを求めてほしいという依頼であった。数日後、彼の病状についての資料が届いた。米国の医師からは再発リスク対策として予防的に「自家骨髄の移植」と「放射線治療」の両方を勧められたという。自家骨髄の移植についてはリスクも高いので、日本の専門医の考え方をどうしても聞いてほしいという希望だった。

緊急を要することでもあったため、私が彼の代わりに国立がんセンターに出向き、彼の名前で診療券を作って、下山先生の外来診療に並んだ。そこで彼の病状の資料を見ていただき、コメントをいただいた。

「自分の骨髄を再発防止に使う治療法は一般的に行われており、リスクもないわけではないが、この患者の場合は特に問題はない。治療効果は必ずしも明らかではないが、再発率が下がる効果は期待できる」

というコメントであった。下山先生からは最後に、

「森谷先生から関原さんのことを聞きました。自分の闘病だけでも大変なことなのに、よく後輩の面倒までみておられると感心しました。森谷先生も関原さんの姿を見て、この患者のために動いてやろうと思われたのでしょう」

というお言葉をいただいた。

振り返れば、私自身、実に多くの人たちに助けてもらったのである。特に、死を覚悟した苦しい化学療法の日々の中、私のために尽くしてくれた千葉敦子さんの生き方を、私なりに少しでも実践したかった。

「関原さん。自分のことだけで精いっぱい、すべて自分だけ、というのでは、人間の質が問われますよ。日本人にはそんな人間が多過ぎます」

彼女はよくそう言っていた。どんなに苦しくても、世の中に役立つこと、他人のために何かすることは人間の証である。それがなくなれば、生きている意味、価値はないに等しい。

彼は私の報告を受けて、「自家骨髄の移植」と「放射線治療」に臨んだ。その治療の後、状況を知らせる手紙が届いた。

「関原大兄

こちらより手術の結果を報告する前に、お手紙をいただき大変恐縮しております。予定通りエモリィ大学で骨髄の摘出手術をうけました。全身麻酔ということで、やや緊張していたのですが、予定通り当日昼過ぎ退院、翌々日より出勤しております（日本およびアメリカのほかの先生のアドバイスでは、四十歳を過ぎると骨髄移植の直前に行う強力な放射線治療に耐えられず、免疫力低下による合併症で死んでしまうリスクも高いということでした。悩んだ末、骨髄の摘出・保存だけにとどめました）。

さらに、こちらより頼んで、ソノグラムで肝臓、腎臓、ひ臓を調べてもらいましたが、正常でした。また、八月八日にはCTスキャンを取る予定です。

『週刊朝日』の記事、大変参考になりました。家内に読んでもらいました。『不思議なことに、リンパ腫の悪性度が中程度より高い方が治ってしまうことが多い』とありますが、勇気づけられます。

アメリカではガン患者の間で、バーナード・シーゲルの『再び元気になって(Getting Well Again)』と最近著の『シーゲル博士の心の健康法（Peace, Love & Healing)』がよく読まれています。心をゆったりもって、質の高い生活をおくることにより、体が本来持つ免疫システムを活性化させ、医学治療の効果を高め、また、再発を抑えるという立場です。いろいろな成功例が引用されており、読んでいると勇気づけられます。『がんのセルフ・コントロール』（カール・サイモントン、創元社）を日本で偶然見つけ、読みましたが、同系列の本です。
家族の協力をえながら、そのような生活を送れるよう努めております。貴兄の心温まるご配慮、友情に感謝して。

一九八九年七月三一日
喜吉憲」

八月中旬、米国出張のおりに、ニューヨークからアトランタに飛び、喜吉夫妻と夕食を共にした。副作用も軽減し、元気で治療を受けながら仕事に励んでいる姿に接することができて安心した。
その後、喜吉君は幸いなことに心配された再発もなく、すでに十年余が過ぎている。全身麻酔で採取した骨髄も、数年間は保存されたが、再発がなかったことから捨てられたはずだという。喜吉君は現在「パシフィック・センチュリー・グループ・ジャパン」（香港の若き大立物が率いるグループで、東京駅八重洲《やえす》南口の旧国鉄跡地にオフィスビルを建築中）の日本代表として活躍している。時々会っては、がん戦争を生き残った戦友同士、当時の苦しかったお互いの生活を追想している。

片岡勝範君

八八年夏、銀行の親しい友人の一人であった片岡勝範君が、ニューヨークで体調を崩し、帰国して入院中という噂を耳にした。彼とは入行以来、仕事はもちろん、プライベートでも一緒にゴルフやマージャンをすることが多く、親しく付き合ってきた。かつての私と同じような状況であることから、早速見舞状を送った。しばらくして彼から直接電話が来て、都内の総合病院に見舞いに出かけた。彼は腰が痛いと病床で訴えたが、以前の姿と変わるところはほとんどなかった。以後、時々見舞いに顔を出したが、容体はあまり変わらず、一時間程度歓談し、激励し続けていた。

ところが八九年の正月明けに、どうしても来てほしいと電話があり、病院に駆けつけたところ、衝撃的な話を聞かされた。

「関原さん、昨年十一月末に家族や周囲の対応がどうもおかしいと気づいて、医師や妻を問いつめたんです。すると、アメリカから帰国後の七月に受けた検査で、肺がん、しかもそれが腰の骨に転移していることが確認され、家族には余命三カ月と告げられていたことがわかりました。両親は、余命三カ月というならせめて最後の日々は、事情を理解してくれて信頼できる医師の下で静かに過ごさせたいという気持ちでこの病院を手配してくれました。しかし妻は、私の元気な姿に余命三カ月とは信じられず、何か治療方法はないものかと走り回ったんです。がんセンターにも出向いて肺がん専門の医師に相談したところ、化学療法を勧められ、両親と対立することになりました」

ご両親が、安らかな環境の中で終末を迎えさせたいと息子を思うお気持ちもわかるし、一方で、少しでも長く生きてほしいという奥さんの行動もよくわかる。だが、片岡君本人が、延命のための治療を強く望んでいるのは明白であった。すでに主治医を説得し化学療法を始めているが、その効果も少し現れてきたという。

「余命三カ月の宣告にもかかわらず、すでに六カ月生きているのは一体どういうことなのでしょう」

片岡君は涙ながらにそう訴えた。私は、周囲の家族や担当の医師を混乱させるのはどうかとは思ったが、やはり本人の希望を第一に考えて、

「主治医とよく相談して、たとえ効果が少なくとも、可能な治療はすべてしてほしいと強く頼んでみてはどうだろうか」

とアドバイスした。だが、その後見舞いに行くたびに、彼の容体が悪化していくのが目に見えてわかった。

六月十五日、電話を受けて病院へ駆けつけると、彼はそばで見ている者も辛いほどの激痛に見舞われながら、病院での治療の失敗と医師の態度について私に訴えた。

「関原さん、こんなに苦しいのなら、もう早く逝ってしまいたい。先週、担当の医師が痛み止めの処置に失敗して、どうにもならないのです。痛み止めの処置の間、一時間もひどい痛みに耐え抜いたのに。体をほんのちょっとでも動かすと、耐えられない痛みと苦しみがあるんです。その上、その医師はもう四日間も現れない」

彼の悲惨な姿を見ると、それまでのように頑張れと言うことはできなかった。むしろ、早く安らかにしてやるほうがいいのかと、安楽死すら考えさせられた。そんなときにも奥さんが、

「あなた、奇跡だって起きますよ」

と励ます姿には涙せざるを得なかった。

病室を出た後、廊下で奥さんに詳しく話を聞いた。

「実は痛み止めのチューブが外れていて、もう処置は何もできないのです」

奥さんは涙ながらに訴えた。痛み止めのチューブは、痛みと苦しみに耐えかねた片岡君が、無意識のうちに自分で外してしまったのかもしれない。だが、私はがんセンターでお世話になった平賀先生に、痛みを止める処置について相談してみることを約束した。

十九日には、銀行に片岡君本人から電話があった。

「早く平賀先生に聞いてほしい」

という催促で、そのせっぱ詰まった悲鳴に驚いた私はその日の夕方、がんセンターを訪ねた。平賀先生はその場から入院中の片岡君に直接電話され、三十分ほど彼の話を聞いたうえで、主治医に何をどう依頼すればいいかをアドバイスされた。片岡君は平賀先生に、来院して直接主治医に話してほしいと懇願していたが、先生は主治医より相談があればお手伝いすると何度も説明され、彼もようやく納得した。

二日後、奥さんから私に、

「昨日（二十日）夕方、平賀先生がわざわざ病院に来られて、主治医とゆっくり話してくださいました。主人も平賀先生の説明とご厚意に、『こんな良い医師に初めて出会った』と涙を流して感謝していました。先生は二四日であれば、再度来院して痛み止めの適切な処置をすることができると約束してくださいました」

という報告があった。私は非常に感激して先生にお礼の手紙をしたため、二四日はぜひよろしくお願いしたいという旨を書き添えた。

二四日の夕方、豪雨の中病院へ出向くと、平賀先生は来院されたのだが、残念ながら昨夜容体が急変して血圧が下がり、痛み止めの処置ができる状態でなかった、という。呼吸が荒く、高熱であえいでいる片岡君の姿を見て、死は間近であろうと直感した。奥さんが、

「関原さんが来てくださいましたよ」

と声をかけ、私からも、

「おい片岡君、俺だよ」

と呼びかけると、彼はかすかに目を開いてうなずいてくれた。しかし、手を握っても、あまり反応がなかった。

翌二五日朝十一時、奥さんから電話があった。昨夜十一時、私が病院を出て五時間後に片岡君は息を引き取ったという知らせだった。享年わずか四一。夕方、ご両親のお宅にお悔やみに出向いて遺体と対面し、十五年間に及ぶ良き仲間であった彼に別れを告げた。ご尊父からは、

「本人の遺言でもあり、関原さんに弔辞をお願いしたい」

という話があった。そして息子が余命三カ月と告げられたときの親の気持ちや、静かに余命を過ごさせようとした心境を、涙ながらに話してくださった。

片岡君の話には、さらに悲しい後日談がある。片岡君の死から七年後、九六年のゴールデンウイークに突然奥さんから電話があった。

「関原さん、重大な相談があるので来宅してほしい」

近所に住んでいたこともあって即座に駆けつけると、彼女とお母さんが待っていた。彼女の口から出たのは全く予期せぬ悲劇的な話であった。

「実は先月、体調がすぐれず検査を受けたところ、スキルス性の胃がんが見つかりりま

した。このままでは余命三〜五カ月と告げられ、途方に暮れています。手術をしても助かるのは百人に二〜三人だとか。片岡の父は、主人が入院していた総合病院でケアを受けることを勧めてくれますが、私は、主人の死んだ病院にはとても世話になる気になれません。二人の子供のためには、成功する可能性がどんなに低くても手術にトライしようかと思います」

私はかけるべき言葉が見つからなかった。すでに、私の主治医である幕内先生の兄上が消化器外科の教授を務めている東海大病院で、ケアしてもらえる手はずになっているのだという。奥さんの親友の義妹が、幕内先生の弟さん（虎の門病院の心臓外科部長。兄弟三人とも外科医）の夫人という縁からであった。

深刻な現実を前に、私にできたことは、不眠を訴えた彼女に手元にあった睡眠薬を急いで届けるくらいであった。翌日、「睡眠薬のおかげで久しぶりに熟睡し、入院の覚悟が固まりました」という連絡を受けた。彼女は手術に臨んだ。しかし残念ながら、三カ月後の八月に逝去された。四六歳であった。

私は静かに合掌した。夫婦揃って、がんで早逝するとは。これほどの悲劇があるだろうかと今でも思う。

残された二人のお子さんは、片岡君のご両親であるアルプス電気会長片岡勝太郎氏（当時八十歳）と満子夫人（同七十六歳）が引き取り育てられた。お子さんは二人とも祖父母の愛情を受け、無事、元気に成長している。

叔母・叔父の死

私ががんと闘い続けている間には、片岡君と同じように実に多くの身近な人々が、がんで苦しんでいた。その一人は父方の叔母（父の妹）であった。

話は前後するが、片岡君が亡くなる前年の八八年八月、仲の良い後輩夫妻と、一週間の北海道旅行を楽しんだ。大学一年のとき以来実に二三年ぶりに、残雪が残り、美しい高山植物が咲く大雪山に登った。明治の文豪大町桂月《おおまちけいげつ》の「大雪山に登り、山の偉大さを知れ」という言葉を思い出しつつ、雄大な大雪山系の展望を楽しんだ。

旅行の目的は登山だけでなく、叔母の見舞いをすることにもあった。叔母は三月に体調を崩し、手術を受けた後もずっと入院していると父から聞いていた。父の日記によれば、六月中旬に入院中の叔母を見舞うため札幌に出向いた父は、叔母ががんではないかという疑いを抱き、家族に尋ねてみたようであった。しかし、病名についての説明は一切なく、がんではない、そのうち元気になる、ときっぱり否定され、どうしようもなかったらしい。

妻と二人で叔母の病室に顔を出したが、ベッドで高熱と腹部の痛みに苦しむ様子を見た瞬間、がんが相当進行していることを確信した。聞けば、翌日には子供たち（従兄妹）が住む東京に飛行機で運び、東京の病院で診療を続けることになっているという。こんな状態で東京まで運ぶことができるのか不安を覚えたが、東京に来るなら再度見舞う機会がもてると思い、三十分で病院を後にした。

結局、叔母は東京で一カ月間の闘病の後、九月十九日深夜に息を引き取った。病名は「胆道がん」であった。叔母がそうであったように、患者本人にがんであることを悟られないため、ごく身内の者以外は親しい友人や親戚にさえも本当の病名を知らせないことはよくあると聞く。しかも、叔母がかかっていた胆道がんの手術といえば、がん手術の中で最も困難と言われている。手術の成功と長期生存はかなり難しいようだ。おそらく、三月に手術した際にはすでに手遅れで、時間の問題と宣告されていたため、叔母が耐えがたい精神的不安や恐怖に陥ることだけは避けさせてやりたいとの思いやりから、このような対応になったことは想像に難くない。

ただ、私は叔母には子供の頃から本当に可愛《かわい》がられ、世話になってきた。最初にニューヨークでがんの宣告を受けたときにも、叔母は父からそれを聞き、わが子のように心配して心温まる見舞いの手紙を届けてくれた。それは今も大切に手元に残している。その叔母に唯一お返しできることがあるとしたら、自分が苦しいがんとの闘いで得た体験に基づくアドバイスくらいしかなかったはずだ。ところがそれすら家族から封じられてしまい、いかんともし難かった。

賢明な叔母であったから、自分の病気や余命についてはある程度気づいていたに相違ない。手術後六カ月の短い期間、私のアドバイスを聞きたかったかもしれない。あるいは、残された最後の日々を仲の良かった兄（私の父）や妹と語り合いたかったかもしれない。

私は、現在も非常に親しく付き合っている叔母の子供たち（従兄妹）を非難するつもりは毛頭ない。しかし、がんの告知をして患者が動揺するのを心配するあまり、本当に親しい肉親や友人にもその事実を伏せてしまうことは、患者の最後の願いに反し、人間としての権利を奪ってしまうことに思えてならない。がんは日本人の死因の第一位になっているほどで、特別な病気ではない。「余命何カ月」といった具体的な数字まで必ず伝えるべきだとは言わないが、がんという病名まで隠す必要はないだろう。抗がん剤などの治療も、がんだということを告げなければできないのではないか。

このような状況はがん患者を抱える家族が共通に悩み苦しむ問題である。私は、人間誰しもある年齢以上になれば、どんなに辛くても己の運命を時間をかけて受け入れる力（諦観）はあると信じている。がん患者のために本当に必要な心遣いとは一体何なのか。それを十二分に考えて最後の日々を送らせてほしいと切に願う。

叔母と対照的だったのは、同じ時期に大腸がんで死亡した、元東大教授の叔父（父の妹の夫）である。叔父は、八六年春頃から下痢・軽い腹痛が続き、

（体調がおかしい、大腸がんではないか）

と気づいていた。そこでその年の秋に自ら近くの病院で検査を受けたところ、横行《おうこう》結腸にがんが発見された。この知らせを受け、私はすぐに東京・大泉学園にある自宅を訪ねた。そして自らの腹の手術痕を見せながら、

「大腸がんの手術は、特に痛みもなく簡単なものでした。術後も楽でしたし、何の心配もありませんよ」

と、経験を交えて説明した。叔父もそれを聞いて安心したように見受けられた。八六年十二月、母校の東大病院に入院し、武藤徹一郎先生（がん研有明病院メディカルディレクター、名誉院長）の執刀による手術を受け、元気を取り戻して退院した。ところが、手術の際、すでに肝臓に無数の転移が認められた。

がんの発見やその後の状況については、親類縁者にも知らされた。そして手術後一年は普通の生活を楽しんでいた。私が訪れたときにはいつも私のがんのことを心配してくれた。京都の両親も見舞いのため上京し、ゆっくり話をする機会を得て、長き良き交流を追想することができ、心底喜んでいた。

八九年早々、叔父のがんは肺にも転移し、七月には肺炎を併発して七九歳で死去した。年齢が年齢であったたし、がんの告知を受けて以降も、温和で冷静な性格は全く変わらなかった。転移後は外科ではなく老人科の病棟に入院し、一種のターミナルケア

を受けた。いかにも叔父らしい立派な最期であった。残された遺族や肉親はみな、叔父のような最期でありたいと思ったものである。

五年生きた

八九年四月は私にとって特別の月であった。銀行に入って満二十年が経過し、厚生年金の受給資格が得られたのである（現在は二五年）。度重なる手術の後遺症で働けなくなった場合も、これで最低限の生活はできる。サラリーマンにとって二十年働く意味は大変大きく、ここ十年の金融機関の破綻《はたん》や企業のリストラで失職した友人に会うと、彼らも異口同音にこの点を強調している。

八九年の秋になれば最初の手術から丸五年になる。がんの「五年生存率」という患者なら誰もが知っている重い言葉があるが、米国のドクター・スワンからも、千葉敦子さんからも、

「あなたの五年生存率は二〇％以下」

と告げられてきた。勤続二十年と五年生存の記念に何かないかと考えていた矢先、「北京・上海四泊五日の旅」の新聞広告を見つけ、

（北京に行こう）

という衝動にかられた。北京はわが生誕の地であり、両親から昔の思い出や引き揚

げの苦労、日中の不幸な歴史について再三聞かされてきた。新聞記者であった父の一番の自慢は、日本の敗戦後に紅軍の代表として北京に乗り込んできた周恩来《しゅうおんらい》に日本人記者として初めて会ったことだった。

私は海外はアメリカ、ヨーロッパ、アジア各国を何度も歩いたが、中国はもの心ついてからは訪れたことがない。大学を卒業して就職したばかりの頃は、中国では文化大革命の真っただ中で、これから中国はどうなるのだろうと、独身寮で上西君とよく話したものである。

しかも八九年五月四日は対日抗戦の五《ご》・四《し》運動が起こって七十年の記念日だ。ときはあたかも「北京の春」で、胡耀邦《こようほう》総書記の葬儀、後任の趙紫陽《ちょうしよう》総書記の開放政策、アジア開発銀行の年次総会と歴史的な出来事が続いていた。その上、ソ連のゴルバチョフ書記長が北京へやって来る。こんなときに北京にいるだけでも面白いと妻を誘ったが、

「中国はどうも……、一人で行って来たら」

と乗り気でなかった。そこで、上西君を誘ったところ、

「一緒に行こう」

と即答、ゴールデンウイークに中年男二人の旅となった。日本語の上手な北京大学の美人学生が案内してくれ、北京の名所・旧跡や繁華街王府井を歩き回った。彼女は

実に優秀な学生で、中国の実情や文革時代の生活を聞いても、フランクに話してくれた。

かつて自宅があったという付近も歩き回った。王府井にも近い景山公園の北東で、当時日本人を中心に外国人が多く居住する北京の一等地だったと聞いていた。結局、自宅は探し当てられなかったが、生きて生誕地を訪れることができたことに、私は満足した（ちょうど十年後の九九年、母親を連れて北京に旅したときは、自宅を探し当てることができた。母は、五十年前の生活風景が突然よみがえり、茫然《ぼうぜん》としてしばらくその場を動けなかった）。

一カ月後の天安門事件を控えた天安門広場が、集まっていた学生ですでに一種異様な雰囲気になっていたことも印象深く記憶している。

帰国後の六月末、懸案だった自宅取得に決着がついた。適当なマンションが見つかり、購入を決めた。ちょうどバブルのピークであったから一瞬躊躇《ちゅうちょ》したが、いつまでも社宅住まいを続け、社宅で最期を迎えるのは惨めな気もしたし、遺される妻のことを考えて即決した。がん転移を繰り返して明日をも知れないわが命を思うと、やりたいことはやる、言いたいことは極力言う、そして実行すべきは実行するという生き方が、いつの間にか自分の中では当たり前のことになっていた。健康体の人たちの目にはきっと、生き急いでいると映ったに違いない。

問題の住宅資金は、昔買っていた土地がバブル期に急騰したのを高値で売り、不足分は銀行（社内）の住宅貸し付けで賄った。ただしがんを患っているため担保代わりの生命保険に入ることができない。そこで、退職金を担保に借り入れることになった。当然ながらローン返済前に死んだ場合には退職金は残らない。そのことは妻も承知した。

いざ自宅を決めると、ずいぶん気分も落ち着いた。狭いながらも見取り図を見ながら、どう快適に暮らすかを考えるのは楽しいことを実感し、せっかく大金を払った以上長く住みたいと思った。ただ、この頃、妻の左手の小指が腫れているのに気づいた。関節炎でも起こしたのだと軽く考え、湿布薬を貼《は》るとしばらくして腫れが消えたため、一安心した。ところがこれが、関節リウマチの初期症状であったことが、のちのちわかる。

七、八、九月は仕事、プライベートともに、国内外を旅して回ることになった。七月にはアメリカに一週間出張。八月は入行二十周年の二週間休暇を利用して、東北「三大祭り」見物とゴルフを目的に、妻と十日間の自動車旅行を楽しんだ。そして九月には十日間欧州に出張した。九二年に予定されていたEC統合をにらみ、日本企業との提携を模索する欧州企業との橋渡しを欧州の金融機関と協力してできないかどうか、意見交換をするためであった。

国内外どこを旅しても、五年生き延びた喜びがひしひしと湧き上がってきた。元気で多忙な仕事に取り組み、一方で充実した休暇を送れることの価値が、いかに大きいかを実感する毎日であった。

九月二七日は、幕内先生の最後の診療日であった。先生は近々国立がんセンターを辞めて信州大学教授に就任されることになっていた（実際には九〇年三月までは、週一回、患者のフォローのために、松本から国立がんセンターに顔を出されていた）。その日の診療には外部の若い研修医が同席していた。

「今日は最後ですからゆっくり診察しましょう」

と私に声をかけながら先生は、

「この患者さんの肝臓はとても軟らかく、何回でも切れますが、すでに三カ所切除しているので、小さな転移を見つけるのはとても難しいんです」

と研修医にエコーの見方を教えられていた。

「関原さん大丈夫、問題ありません」

先生はキッパリとそう診断された。

最初の肝転移以来、幕内先生の診察日はことのほか緊張したものだった。先生のエコー診断が私の運命を左右するだけに、診察の数日前から不安になった。そして、先生の「大丈夫」の一言で緊張が緩んで、会話が始まるのである。

「先生ががんセンターにおられるうちに、安全圏に入ったというお墨付きをいただければよかったのですが……」

「次回の三カ月検査で大丈夫なら、相当に安全圏入りと言えるでしょう。最後の手術から二年、最初の手術から五年たつわけですから」

「このたびの信大教授ご就任、おめでとうございます。ただ私にとっては大変困ることなのです。先生あっての私の命なのですから」

「松本は新宿から三時間弱です。関原さんは山登りやスキーが趣味でしたよね。遊びがてら、信大に診察を受けにいらっしゃい」

「本当にお訪ねしますよ。ところで先週レントゲンを撮りましたが、結果はいかがですか」

「前回と変化ありません。ただし関原さんのケースは肺に遅れて転移がありましたから、今しばらくは肺を用心ください。土屋先生と仲よくして」

「血液や尿検査の結果は？」

「コレステロールが高過ぎます。美食が過ぎているようですから、素食《そしょく》に願います。しかし、私の最終診断としては、関原さんは強運の持ち主ということです。お大事に、ですね」

いつものように気軽な会話が弾むので、研修医は驚いて、

「どういうご関係ですか」

と先生に尋ねた。

「この方は患者さんというよりお友達」

先生はそうおっしゃって、笑っておられた。

十月三日は森谷先生の診療日であった。二週間に一度のチューブ確保のためのヘパリン注入の日であったが、なかなか入らず、チューブが詰まっていることが判明した。

先生は、チューブを外すことを決められた。

「装着してから一年九カ月ですが、結局使う機会はありませんでした。六日の午後、ご都合がよければ取り外しますのでご来院ください」

「簡単に取り外しができるのですか」

「手術室で局部麻酔をして切開し、取り出します。一時間くらい要します」

そこで十月六日、妻のサイン済みの「手術承諾書」を提出し、チューブを取り外すために手術室に入った。今回は局部麻酔で意識がハッキリしていたため、三回も世話になった手術室をゆっくり見ることができ、しみじみと手術のことを思い返した。

チューブは腹部の肉にこびりついていたようで、ペンチのような器具に挟んで引っ張り出そうとするがなかなか外れなかった。ようやくチューブを支えているポートの

部分が外れたが、結局、チューブを血管から引き出すのは断念した。しかし、これで二週間ごとに三年間続いた早起きしての通院からも解放されることになった。それにしても、幕内先生のコメントに加え、肝臓のチューブが外されるということは、肝臓への転移・再発は終わったのでは、とひそかに期待した。

一方、仕事のほうも変化があった。十一月一日付で、四年半在籍した総合企画部から営業第五部（エネルギー営業部で石油会社担当）に異動したのである。最初の手術から五年間生き延びたことで、そろそろ営業現場に復帰しても大丈夫という気持ちになっていた。銀行側もそう判断したに違いない。こうして充実した夏から秋が終わって冬へと入り、がんとの闘いに勝ったのではないか、という甘い期待が徐々に大きくなっていった。

肺転移再び

十二月十九日は八九年最後の森谷先生の診察日であった。

「今年は何事もなく、良い一年でした。四回も手術しましたが、おかげさまで最初の手術から五年経過しました」

と挨拶しようと思いながら入室した。だが、私がそんなせりふを口にする前に、先生は十一月末に撮ったレントゲンのフィルムを見ながら、

「関原さん、肺に再度の転移の疑いあり、との検査部のコメントが来ています。これからすぐ、もう一度レントゲンを撮ってください」

と切り出された。検査部あての依頼書が手渡され、私はそれに従ってレントゲンを撮った。三十分ほどたってから、撮影後すぐに現像されたレントゲン写真を持って、再度森谷先生の診察室に入室した。先生はフィルムを見て即座に私に告げられた。

「前回切除したすぐ近くに影があります。転移に間違いありません。入院の手続きと、土屋先生の受診をお願いします」

全く予想外の宣告であった。わかりましたと答えるのが精いっぱいで、何の質問も出てこなかった。

診察室を出た後、しばらく一人で考えた。

(これまで四回も手術した。もううんざりだ。百%のがん告知を受け、精いっぱい闘ってきたのだから、手術をやめても許されるはずだ。瞬時に死ねるものなら、それも良いのではないか)

前回の肺転移の告知も衝撃的だったが、今回は五年経過の後だっただけに、死への誘惑すら湧き上がってきた。

(だが、手術をやめたからといって、苦痛から解放されるのか。楽に、苦痛なく死を迎えられるのか。この病院でも、自分の周囲でも多くのがん患者の死を目にしてきたが、がんの死は静かに、あっけなく訪れることはほとんどない。がんが進行すれば結局耐えがたい苦しみが訪れて、点滴やさまざまなチューブがつながれ、人間としての尊厳すら危うくなる。それなら辛くても今手術を受けておいたほうが良い。そもそも生を享《う》けた者の責任として、肉体の許す限り生きる努力は続けねばなるまい）

私は何とか思い直し、今回も手術以外に選択肢がないことを自分に言い聞かせた。早速その場で入院申し込み手続きを行い、土屋先生の部屋に立ち寄って事情を話した。

年末・年始をはさむため、次の外来診察日は正月明けの一月五日になるという。それまではただ待つしかない。土屋先生は、結論は診察と検査次第だが、場所から考えておそらく左肺下葉を切除することになり、その結果、呼吸機能は二割方落ちるであろうという所見を述べられた。

営業の前線に出てわずか一カ月で、四回目の国立がんセンター入院、そして五回目の手術である。やはり前線復帰は無理だったのかと思いながら銀行に戻り、営業第五部の梶原保部長（後に東ソー副社長）に事実を報告した。部長からは、これまでの上司と同じく、

「先のことは気にしなくてよいから、頑張って手術を受け、元気になって戻って来い」

という激励をいただいた。

この日から入院までは極めて多忙な日々だった。新しい仕事の関係で歓迎会や忘年会が多く、プライベートでは年明け早々新居への引っ越しを予定していた。ただ、どうしても年末年始にスキーに行きたかった。肺の機能が低下すれば、もうスキーやテニスは二度とできなくなると思ったからである。

これまでの手術では、体には大きな傷が残ったものの、先生方の手術がうまかったためかどんなに寒くても傷口が痛むことはなく、スキーも存分に楽しむことができた。ただし今度はいよいよ肺（呼吸）機能を一部失うのだから、激しい負荷のかかる運動はできなくなるはずだ。

思えば初めてスキーに行ったのは一九六二年三月、場所は信濃《しなの》の南小谷《みなみおたり》であった。当時はまだあまり豊かでない時代で、スキーを楽しむ高校生など少なかったものだ。以来三十年近く、スキーを楽しんできた。大学ではワンダーフォーゲル部に入り、正月をスキー場や山で過ごしたことも多い。山での越年は、本当に楽しい思い出だ。ニューヨークでも、車で数時間内に行ける有名なスキー場が多く、妻や友人とよく出かけたものだ。

暖冬でも絶対雪があるスキー場と温泉の組み合わせを調べ、米沢《よねざわ》の白布《しらぶ》温泉と天元台《てんげんだい》吾妻《あずま》国際スキー場での年越しを決めた。

最後のスキーは本当にすばらしかった。思う存分スキーも山登りも楽しんで、諦めがついた。実際、あれほど好きなスキーであったが、このとき以来、二度としていない。

スキーやテニスができないことぐらい、生死の問題に比べれば些事《さじ》に過ぎない。生きていられるだけでも望外の幸せである。病気や事故でやりたいことが突然できなくなることもあることを、がんを患って初めて気づいた。だから逆に何事も一期一会の気持ちで、今やれること、やりたいことを極力やっておくことが大切なのであろう。

五度目の手術を直前に控えて、日程は超過密だった。大晦日と元日を白布温泉で過ごし、二日夜に帰京。三日は引っ越しを前に自宅の整理。四日は仕事始め。五日は土屋先生の診療。そして六日（土曜日）に引っ越して、七日は新居の整理。八日に明日入院できるとの知らせが入り、九日に入院した。こんなに忙しい患者はあまりいないだろうが、私は無理しているわけではなかった。自覚症状は皆無であったし、体調も全く問題なかった。だからこそがんは恐ろしいのである。

右肺にも転移

国立がんセンターへの四回目の入院（7B病棟＝呼吸器科）自体は、顔見知りの先生や看護婦さんとの再会もあり、緊張や不安はあまりなかった。初めて国立がんセンターに入院したとき（八六年九月）のことを思い浮かべて、自分もベテラン患者になったなあと認識したものである。

ただ、例によって入院初日から外出し、通常勤務の後に友人たちと晩飯を食べて夜病院に戻ったところ、廊下で平賀先生に声をかけられた。

「関原さん、五回目の入院と手術、ご苦労様ですね。緊張しておられたのかずっと下を向いて歩いておられたので、私に気づかれませんでした」

そう言われると、やはり重圧を感じていたのかと思った。

検査は前回とほぼ同じで、十六日の幕内先生による肝臓チェックの後、新たに脳のCTと骨シンチが加わった。よくある肺から脳や骨への転移を疑われていたのかもしれない。

手術前日の二二日、土屋先生が手術の説明をされた。今回の転移は前回切除した部分のすぐ横であり、付近に目に見えない転移がある恐れがあるため、左肺下葉をすべて切除する。全肺の機能は二〇％落ちるが、これは予定通りであった。ただ、肺のCT検査の結果、右の肺上葉部分にもレントゲンには写らない程度の小さな異物が見つかった。これが転移か否かは六カ月以内にはっきりするので、今回の手術は左肺だけにとどめ、右肺は開かずにしばらく様子を見守るという。

右肺にも転移の可能性があるのか――。

「先生、明日の手術はやるべきでしょうか。しばらく様子を見たうえで、両方同時にということは無理でしょうか」

「身体への負担を考えれば、別々のほうが良いと思います。左肺の手術は前回同様で簡単なものです。ただ二回目で癒着がありますから、手術時間は少し長くなります」

　私は、自分の置かれた状況に思いを巡らせた。

　これまでの手術では、終了後はがん細胞は完全に除去され、当面の危機や精神的な負担からは一時的であっても解放された。ところが今回は手術をした後も、依然がんが体内に残ることになり、手術後のあの何とも言えない解放感や安心感は得られない。それどころではない。もし右肺上葉を切除することになれば、全体の肺の機能の四〇%が失われ、通常の生活はできなくなるはずだ。いや、手術ができたとしても、今後さらに転移が続く可能性は高いだろう。もし、今後転移が何カ所も出てきて手術で摘出できないとすれば、化学療法による延命治療に頼らざるを得ない。いずれにしても来るべきときが来たと考えるべきで、「死への準備」を本格化しなければならないだろう。

　だが、死の宣告にも近い事実を知りながら、不思議なことに再度の肺転移の告知に比べ、それほどの動揺はなかった。これはどういうことなのかと自問自答してみた。

　八四年十一月の最初の手術以降、特に八六年七月の肝転移以降は、常に死を意識し、知らず知らずのうちに心の準備ができていたのであろう。書物を通して多くの人の死生観に触れ、叔父や叔母、親しい片岡君のがんによる最期の姿を見たほか、入院中の病棟で多くのがん患者仲間の死に接してきたことも大きく影響している。

　この五年間思う存分生きてきたことに自信があったからでもあろう。仕事を精いっぱいやり、アメリカに二回、ヨーロッパへも出張した。サラリーマンとしてこのままゆけば、もう少し地位も昇り、所得も増えるかもしれないが、しょせんは一介の銀行員に過ぎないのだから、栄達にも大した未練はない。私生活でも休暇は十分エンジョイし、生まれた地である北京にも出かけた。さらには喜吉君や片岡君など自分以外のがん患者のためにも少しは役立つことができた。

　長生きしたくないといえば嘘になるが、一年以内に死ぬとなれば、一番の心配は妻の将来と、両親に先立つことである。自宅を取得したことで、妻の生活面での心配は減ってきた。ただ、子供がないことは妻にとってどんなに辛いことかとは思う。もし私が死ねば、年を経るにつれて孤独感が深くなるだろうが、耐えてもらうしかない。

　それが手術前日の偽らざる心境であった。

　手術は前回同様、三時間で終わった。今までの四回の手術のときは必ず上京して見舞ってくれた京都の両親も、酷寒の季節で父の体調があまりすぐれなかったこともあり、上京しなかった。

　後に閲覧した病理リポートによると、切除した左肺下葉の大きさは20・0×1

0・0×4・0㎝で、重さは164g。腫瘍は、2・5×3・0×3・5㎝であった。術後の回復も順調で、術後六日目の二九日に退院した。左肺の下葉を全摘出したというのに、こんなに短期日で退院できるのかと、驚くばかりだった。

術後は、新居に越したばかりでもあり、温泉にも出かけず自宅で静養した。寒風の中、毎日自宅近くの多摩川土手を歩き回って体力の回復に努めた。二〇％の肺機能の低下は、平坦地《へいたん》を歩く限り特に意識することはなかったが、坂道や階段を上り下りすると相当息切れがした。これではやはり登山、スキーなどの激しい運動は無理だと実感した。

二月三日から出勤を再開し、術後二カ月後の三月二一日の春分の日にはゴルフをした。パートナーの一人はコスモ石油の岡部敬一郎常務（現・相談役）で、コースは若干アップダウンのある東京バーディークラブであった。背中が少し突っ張る程度で、呼吸も特に問題なく、人並みに楽しむことができた。ただ、私がたまたまナイスショットをしたとき、岡部さんは私の肺の手術を全くご存じないこともあり、

「なかなかやりますなあ」

と言って野球で鍛えた大きな手で力強く背中をたたかれた。これは、つないだばかりの傷跡が破れ、肋骨が折れるのではないかと感じるほど、痛かった。

左右対称の傷

一九九〇年一月の手術直前に発見された右肺上葉の異物は、胸部レントゲンとCTでその後の状態が監視された。四月六日のCT検査で転移がんと判明、ただし大きさはほとんど変化がなかった。ところが六月二九日のCT検査で、少し拡大していることがわかり、仕事が暇になる八月のお盆の頃に手術することになった。一カ月後の七月二十九日、とうとう国立がんセンターの五回目の入院患者となった。

さすがに私も度胸がつき、看護婦たちに、

「がんセンターに五回も入院、手術した患者はいるの？」

と聞くと、大半の看護婦は、７Ｂ病棟では初めてではないかと答えた。ただ、少なくない看護婦が、

「初めての入院患者でも関原さんのように元気な人はあまり見たことがありませんよ」

と付け加えた。

手術は、土屋先生の夏期休暇のため、八月十三日からの週となった。先生から、

「休暇中は同僚の近藤晴彦先生に検査やケアについて依頼済みですから、何でも彼に相談してください。ご出勤や外泊については、これまで通りで大丈夫です」

との説明があった。

「今回の手術は前々回（八八年四月）と同様、ちょっと取るだけですから心配はご無用です。ただ、右肺の開胸ですから、背中には残念ながら左右対称の大きな傷が残ります。これだけはご勘弁ください」

その後銀行に戻り、男性の部下を集めて話をした。

「八月中旬に手術予定で、手術から三週間休みます。一月に次いで年に二回も病気で休む上司を許してほしい。ちょうど夏休みの時期でもありますから、取引先や行内の人にも黙っておいてほしい。どうしても言わざるを得ない場合は、三週間の海外出張とでも言ってごまかしておいてください。九月上旬には元気で戻ってくるのでよろしく頼みます」

みなはどの程度察知したかわからないが、大人の対応をしてくれることを期待した。八月十日には、女性の部下も含めて全員を集め、留守中よろしくと挨拶した。女性の部下はみな驚いて、

「どこがお悪いんですか」

と不思議そうに聞く。日焼けして元気いっぱいの上司が、三日後にがんのため六度目の手術をすることを想像しろといっても無理であろう。私は、

「簡単な内臓の手術をするだけです。三週間後に戻ってくるのでご心配なく」

と答えただけだった。

手術前日の朝九時、近藤先生が大勢のレジデント、研修医を連れて来られた。

「六回目の手術を受ける患者さんに会ってみたいと頼まれ、たくさん連れて来ました。検査結果を見る限り転移はひとつだけです。手術のやり方は土屋先生が決められますが、ちょっと切除するだけの簡単な手術になるでしょう」

午後三時には麻酔科の平賀先生が回診に訪れ、

「昨晩郷里の花巻から戻ってきました。明日は関原さんの手術ですからね」

と言われ、三十分間問診や歓談に費やされた。私のために休暇を短縮した上に日曜日に問診いただき、ありがたいことだ。

今回の手術は転移が一カ所だけだから、すぐに通常の勤務に戻れるだろう。手術を前に遺書を残す必要もなさそうだ。しかし万一ということもある。やはり気になるのは妻のことであり、日記にはこう記した。

「さゆりへ。どんなに苦しく、辛くても耐えてほしい。小生も六年足らずの間に五回の大手術に耐え、人並みの生活を続けてきた。この姿がさゆりにも焼き付いているはずで、これが唯一小生の残せる形見だ。結婚後十八年、苦しみや心痛も多かったが、世界を歩いたよき思い出は、苦しみ以上に多かったと信じている。がんに見舞われたこと、子供のなかったことはすべて宿命。頑張って生き抜けば必ず幸運な将来も巡ってくるはずだ」

友人たちには、時期が来れば妻の再婚話を進めてほしいという意味も込めて、「リウマチまで患い始めた妻が不憫《ふびん》である。どうか友人諸君、万一の場合はよろしく」

と日記の中で頼んでおいた。

六回目の手術は十三日の午前九時に始まり、約二時間で終わった。これまで二回の肺転移手術と同様、翌日にはすっかり回復した。今回も一週間で退院できると確信していたとき、土屋先生がこう告げられた。

「手術はうまくいきました。ただ、術前の検査では小さい腫瘍がひとつと診断していましたが、同じ右肺上葉の別の場所に、もうひとつ5ミリ弱の腫瘍が見つかり、切除しました。二つとも極めて小さく、部分切除にとどまっていますから、肺の機能にはほとんど影響はありません」

「もうひとつあったのですか。それなら次々に転移が襲ってくるように思われますが」

「残念ながら何とも申し上げられません。ただ、右肺をよくチェックしましたが、ほかは全く問題ありませんでした。今からあまり心配されなくても大丈夫ですよ」

結局、新たに見つかった腫瘍は病理検査の結果、軟骨が変形したもの（過誤腫《かごしゅ》という）で、転移でなかったことが九月上旬に判明する。

退院後、自宅浴室の鏡に、背中の傷を映した。肩甲骨からわき腹にかけて全く左右対称の傷であった。腹部二カ所（大腸）とわき腹（肝臓）の傷も改めて見つめ、（よく切ったものだ、この体でよく生きていられるものだ）と六回の手術を思い返した。

天谷直弘さん

六回目の手術は、思いがけぬ方との出会いを生んだ。独特の文明論、日本・日本人論を展開され、尊敬していた天谷直弘《あまやなおひろ》さん（元通産審議官）である。

入院直後、病棟の廊下で天谷さんらしい人を見かけた。本当に天谷さんなら十階の個室に入られているはずと思ったが、二人部屋の入り口に「天谷直弘」の名札があるのを見つけた。そこで、天谷さんもがんを患っておられることを知った。

当時、仕事で石油業界を担当していたこともあり、七九年の第二次オイルショック時に資源エネルギー庁長官であった天谷さんのお名前は、取引先の人たちや興銀の幹部からよく聞かされていた。

八月八日、ナースセンターに隣接する処置室で手術に備えて吸入の練習をしているときのことであった。天谷さんがやって来られて、隣の椅子に座って練習を始められた。天谷さんは二日後の十日に手術を控えていて相当緊張しておられた様子だったので、私はこう話しかけた。

「私は六回目の手術です。肺の手術は簡単ですから、心配ありません」

「エッ、六回目？　ぜひ一度話を聞かせてください」

「手術が終われば、お部屋にお訪ねします」

約束通り、私の手術が終わって三日目の十六日（天谷さんは術後六日目）、お目にかかった。病室で天谷さんは、世阿弥の『風姿花伝』を読んでおられた。

長い入院となれば、時間は無限にある。本好きなら好きな本を乱読できると健康人は思われるだろうが、がんのような深刻な病の場合、いろいろな思いが頭をよぎり、私のような凡人だと雑誌や推理小説を読むのが関の山だ。『風姿花伝』のような古典を静かに読めるのは、真の知性をもった天谷さんのような特別の人だけである。天谷さんは言われた。

「あなたの年代の方は花伝書はご存じないでしょうし、ご存じだとしてもお読みにはなっていないでしょう。私は何回読んでもそのつど教えられることが多く、特に今回の病でその感を深くしています」

「たまたまですが、私が卒業した京都の鴨沂《おうき》高校の数学の先生が能面研究の第一人者で、花伝書は高校時代に読むことを勧められ、今も岩波文庫を持っております。学校の卒業アルバムの一ページ目には美しい能面の写真があり、その下に『花は心、種はわざ』と花伝書が引用されております」

「その言葉の意味はどのように教えられましたか」

「短い人間の生涯において、花とすべきは心の美しさであり、花を創り出す種のごとく生きることを願うなら、自己を充実すべく努力しなければならない。花と実は切り離すことはできない、ということだったと思います」

「さすがに京都の高等学校は違いますね」

お互い手術後の解放感もあり、世阿弥の話ですっかり打ち解けた。さらに、私の病歴について詳しくお話ししたところ、

「まるでモグラ叩きのようですね。叩いても叩いても次々と再発してくるのですから大変ですね」

と実に天谷さんらしいユニークな言葉で表現された。私の病歴には驚かれた様子で、退院後、雑誌「Voice」に掲載された「築地魚河岸『雁の宿』」で、「ガンのプロたち」と題して次のように書いていらした。

「この病棟にいる患者は皆、自分がガンだということを知っている。ここでは、ガンについて尋ねたり語ったりすることは、タブーではない。それどころか、（中略）自他のガン体験やガンに関する種々の情報に集中するため、たいへん参考になる。

A氏は、四十代半ばの銀行マンである。とても病人には見えない。（中略）

『私のは、今度は五ミリぐらいですから、造作ないんですよ』

『今度とはどういうことですか』

『実は、今度が五回目のガンの手術です』

というふうに話がほぐれて、その人のガン体験談をうかがった。

第一回目は、三九歳のとき、ニューヨーク在勤中に大腸ガンを手術。帰国後、検診で肝臓に転移しているのを発見し手術。三回目は再び大腸。四回目が胃で、今回は肺。日本に帰ってきてからは、がんセンターで三カ月ごとに検査してもらっているので、いずれも早期発見。今回も五ミリ程度の肺ガンなので、私のように肺上葉全部を切除するのではなく、病気の部分だけ摘出すればすむのだそうである（事実経過に一部不正確なところがある。手術は六回目。また、胃への転移はない）。

『火事だって、ボヤのうちならば、バケツ一ぱいの水で消えるでしょう。ガンだって、出てきたところをすぐ叩けば、大騒ぎするほどのことはないのですよ』（中略）

人間は慣れという特殊な才能をもっている。何回も経験を重ねるうちに、ガンがどれくらい怖いか、どう取り扱えば怖くないか、というようなこつがわかってくるのかもしれない。また、何度か危機を切り抜けていれば、度胸ができると同時に、諦めの境地も開けてくるのであろう。（中略）

およそプロと言われる人々は、常に細心の注意を払い、経験から得た教訓を忘れず、常に新しい工夫をし、そして平常心を失わないで生きていく。人事をつくして天命を待つという境地に達している。野球、ゴルフ、碁、将棋等々、種々のプロがいるけれども、ガン患者のプロとでも言うべき人が存在していることを、私ははじめて知ったのである」

こうして私は天谷さんにがん患者のプロと名付けられた。冷静に手術に臨み、淡々とがんの経験を話したので、天谷さんの目には「プロ」と映ったのであろう。

ちょうどイラクのサダム・フセインがクウェートを侵略した直後で、石油が高騰し、第三次オイルショック再来の危険があった。当時の私の仕事にも直結する事態でもあったため、天谷さんにはそのことでも話をうかがった。天谷さんの石油に関する経験や今後の中東情勢の見通しをじっくり聞くことができ、入院も無駄ではないと初めて思った。

告知に同席

天谷さんの肺がんは決して早期ではなかったが、成毛先生の手で病巣は完全に摘出された。再発リスクは一〇％（五年生存率九〇％）と聞かされ、ホッとしておられた。ところがわずか半年後の一九九一年二月、今度は食道がんが発見された。肺からの転移ではない原発のがんであった。手術は虎の門病院で受けられた。お見舞いにうかがうと、天谷さんは言われた。

「関原さん、がんセンターの7B病棟（呼吸器と食道）で、多くの食道がん患者が術後に苦しんでいる姿を見ましたが、まさか半年後に自分が食道がんの手術をするとは、人生本当にわからないものですね。肺がんの手術は、今考えると楽なものでした。食道がんは苦しく、体重もだいぶ落ちました」

次に天谷さんにお目にかかったのは同じ九一年の年末で、驚いたことに私の住むマンションの中であった。聞けば、天谷さんは横浜・日吉のご自宅が火事で焼失し、私と同じマンションに仮住まいということであった。不思議なご縁ですねということになり、以後も時々顔を合わせた。

九二年の秋、天谷さんから突然相談を受けた。

「がんセンターで検査を受けたところ、肺に転移が見つかり、今度はどうも手術できないらしい。自分の命の問題でもあり、どうしても正確な病状を知りたいのですが、成毛先生は偉過ぎてなかなか聞き出せないので、土屋先生を通じて聞いてもらえませんか」

天谷さんの死ぬか生きるかの話でもあり、荷の重い相談だったが、一応土屋先生にご意向を伝えることを約束した。土屋先生からは、

「成毛先生に相談したところ、天谷さんがご希望なら、代わって説明してあげてくだ

さいと了解をいただきました」

と返事があり、天谷さんにその旨お伝えした。すると天谷さんは、

「関原さんも同席して一緒に聞いてください」

と言われる。そんな重大で深刻な席に、親族でもない私が同席するのは気が進まなかったが、行きがかり上、了解せざるを得なかった。

土屋先生との約束の当日は豪雨であった。私が運転する車に天谷ご夫妻をお乗せして、われわれのマンションと土屋先生のご自宅の中間にある環八沿いのレストランに入った。二階の奥まった席に四人が顔を揃え、天谷さんが口火を切られた。

「自分の病気の現状と見通しをはっきり知りたいと思い、関原さんにお願いしました」

土屋先生ははっきりと答えられた。

「肺に小さながんがいくつか現れております。その場所からして、手術で摘出することはできません。抗がん剤治療についても残念ながら効果のあるものはありません」

手立てはない、という。つまり「死の宣告」に近い内容で、そばで聞いている私にも震えがきた。天谷さんは静かに答えられた。

「よくわかりました。率直にお話しいただき、ありがとうございました」

ある程度覚悟されていたのだろう。天谷さんは表情ひとつ変えられなかった。しか

し奥様はさすがに動揺されたご様子で、民間療法や食事療法について必死に尋ねられた。だが、土屋先生は、

「外科医として、そういった療法の効果は評価できません」

とていねいに説明された。

天谷ご夫妻の心中はどのようなものであったのか。筆舌に尽くせない衝撃であったはずだ。一方、こんな厳しい話を率直にせざるを得ない土屋先生の心中も、察するに余りある。がんの専門医は本当に過酷な仕事だと思った。このような場面に立ち会ったことは、その場の情景や雰囲気も含めて一生忘れることができないだろう。

その後も時々、近所を散歩しておられる天谷さんの姿をお見かけした。あるとき、

「関原さん、九〇年八月に一緒に肺がんの手術を受けたときには、私は五年生存率九〇%を告げられてうれしく、楽観的になりました。むしろ六回も手術をした関原さんを、若くてこれからなのに、かわいそうな人だと思ったものです。でも、お元気で何よりです。長生きしてください」

と言われた。私は何とも言いがたい気持ちになった。

その後、天谷さんは病状が進み、東京・戸山の国立国際医療センターに入院された。そこで新しい免疫療法を試みられたのだが奏功せず、九四年八月三十日に逝去された。六八歳であった。新聞は、死因を肺がんと報じた。

第四章

プロ患者として

丸山ワクチン

一九九〇年八月に六回目の手術を終えたときには、これで打ち止めだとはとても思えなかった。左から右の肺に転移が進んだことは、深刻に受け止めざるを得ない。肝臓や肺は、血管を小川にたとえれば滝壺のようなものだ。大腸に源を発したがん細胞は血管に乗り、肝臓という滝壺に溜《た》まって増殖をし、三カ所に再発した。これらは摘出したが、一部は滝を落ちて血管に乗り、肺に到達して再び増殖を始め、左二回、そして今回右一回の摘出が終わったのだ。

がん細胞が肺という滝壺を落ちると、今度はせき止める滝壺はなく全身に広がる、いやすでに広がっている懸念も十分ある。その一方で新たな治療法は講じられず、肺や肝臓のほか、体のどこかでがん細胞が再び増殖を始めないことをひたすら祈るだけなのである。そして今後現実に再発が訪れ、手術もできなくなったとき、運命だ、万事休すということで、本当に諦め切れるのだろうか。

もう本当に打つべき手立てはないものかと思案していたとき、十年前の八〇年に直属の上司であった清木邦夫常務（後に興銀リース社長）に丸山ワクチンを勧められた。私自身、最初の発病時に検討し、併用できないことからやめた経緯があり、普通なら無視するところだった。だが、彼は昔の部下の私を本当に心配し、ロンドン駐在中も何回も見舞いの手紙を送ってくれた人である。特に休暇中のスペインからの手紙は便箋十四枚という私の生涯で最も厚い手紙で、大いに励みとなった。一時帰国の際には成田から病院に直行し、見舞ってくれたこともある。そんな恩人である彼が己の肉親に対する以上の気迫で、使うことを勧めてくれたのである。心を動かされた。

何の治療もしていない今こそ、併用の問題もなく、使用するチャンスでもある。とても効くと思えないが、「ダメ元」とはこのことだ。将来、死を前にしたときに心残りがないこと、換言すればやれる治療はすべてやったと納得できることが大切だ。

銀行の診療所の先生に相談すると快諾され、申込書にサインをいただいた。日本医大に出かけると、待合室では、多くの人たちが相談の順番を待っていた。その人たちのうち何人かと話をしたが、すべて家族や肉親に末期患者を抱えていた。手の打ちようがないことを医師から告げられ、最後の治療を丸山ワクチンに求めているのは容易に想像できた。私のように患者自身が待っている例は皆無と思われた。

私は診察室で自分の病歴を説明し、使用方法を聞いた。幸い、丸山ワクチンのボランティアに従事していた妻の友人、藤本いらかさんのご厚意により、二回目以降は郵送で入手でき、銀行の診療所の看護婦に、隔日注射してもらうことになった。

つい最近まで継続投与したが、私は、丸山ワクチンに効果があったと信じているわけではない。医学的な統計データがないのだから、ほかの患者に勧めるつもりもない。

ワクチンでがんが治るなら、毎年二十万人以上の人ががんで命を失うことはない。むしろ丸山ワクチンの効果は、やれるべき手立てはすべて講じているのだという安心感を、副作用なしで得られたことだ。何の治療や投薬もなしにじっと耐えることは、不安が増すだけに辛いものである。

ただし、丸山ワクチンは比較的安価（四十日分で一万円弱）であるから「安心料」として受け入れられるが、民間療法は基本的には高価で、必ずしも副作用がないわけではない。がん患者の不安心理につけ込む民間療法が多いことも事実である。

父のがん死

一九九一年四月二九日、私のがんをあれほど心配していた父が、下咽頭《かいんとう》がんのためにあっという間に逝ってしまった。七八歳であった。

読売新聞の記者であった父は、論説委員となって退職した後、京都の大谷大、京都産業大の非常勤講師として新聞ジャーナリズム論を教えていた。そのかたわら、京都・東山の高台寺《こうだいじ》の上にある「霊山《りょうぜん》歴史館」の副館長として、展示会の企画や展示品の収集にかかわる仕事もしていた。七十代半ばでそれらの仕事もリタイアし、悠々自適の生活を送っていた。

父が喉に少し異常を感じ始めたのは亡くなる前年、私が三度目の肺手術を受けた九〇年八月ごろからであったらしい。十月頃には咳き込んで痰が出ることが多くなり、声がれも始まっていたようだ。しかし、父はそれががんの深刻な自覚症状であるとは考えていなかった。十月上旬には母と共に大好きな信州に紅葉見物に訪れ、十一月上旬には上京して二人の妹と楽しい集いをもっていた。

母に言わせれば、父は自分の体調など全く眼中になく、気になっていたのはもっぱら息子の私のがんだけであったらしい。どうしたら私を救えるかということで頭がいっぱいだったようだ。

父は、もともと自分の健康についてかなり意識しているほうではあった。まだ現役の新聞記者であった六五年、京都の大学病院で胃潰瘍《いかいよう》の手術を受けている。以来、特に胃については注意を払い、その頃はまだ珍しかった自主検診を毎年受けていた。おかげで定年退職後の八〇年秋には胃がんが早期発見され、同じ病院で手術した。父はこのことを大いに自慢し、当時朝日新聞に連載されていた「がんとの対決」という欄に投稿した。父の体験は「読者からの投稿」の中で取り上げられ、その記事をまとめた本は本棚に大切に置かれていた。

父が胃がん手術後の快気祝いで送った挨拶状には、早期発見で完治を保証されたことに対する喜びが誇らしく記されている。

「拝啓

師走の声も間近く、夜半に木枯しの音をきき、早暁に薄霜を踏む日もありますが、なお晩秋の残照に黄葉紅葉の美しい京・山科疎水畔の明け暮れです。

このたび小生の思いもかけぬ早期胃がんによる入院、手術、術後治療、退院、自宅静養に際しましては格別の思召しをもって、心暖るご激励、お見舞いを賜りあつくお礼申しあげます。すでに六十路の半ばを超え、老いへの坂道に大過なきを想う小生にとりまして、まことに感激の極みでありました。

去る冷夏の八月、毎年一回自主的に行ってきました胃部検査（レントゲン透視とファイバースコープ付胃カメラ検査・生検＝バイオプシー）の組織片検査での病原発見により九月中旬入院、同三十日患部部位の切除が行われ術後十八日でほぼ完治確認、まる一か月で退院いたしました。その後四十余日にわたる自宅静養で体力も徐々に回復し、仕事への完全復帰とまではまいりませんが、すでにその準備をはじめています。

十五年前の春、噴門部カイヨウで食道の下部三センチを含む胃上半分を切除したのですが、こんどはその残余部の四分の三を切り取ったわけで、当面は食事も一日六回に分けて摂《と》ることを余儀なくされ、ここ半年は『食事との戦い』になりそうです。それにしましても、胃小弯《しょうわん》にそった後発部位の粘膜層にがんの存在を知ってから四か月近く転移もなく完治を保証された当の患者、小生はじめ家族の喜びは例えようもありません。
これは偏《ひとえ》に早期発見の先生にはじまり、切除手術にあたられた教授、主治医らスタッフの先生方の綿密な診断、間然するところない的確な手術・治療の賜ものであり、また早くから何かとご助言、ご教示をいただきました先生のご恩も忘れることは出来ません。
ここに病原発見からその完全追放までの概略、いわば『ガンのあとさき』をご報告いたし、小生と家族一同の心からの感謝と喜びのしるしとする次第です。

敬具

思わざるがん（雁）の飛び来しは盛夏なり
霜月の声聞きて早や飛び去りぬとは

昭和五十五年晩秋

京都・山科疎水畔
関原利夫」

胃がんの早期発見についてこれほどの自負があり、九〇年の春先からは腰痛に苦しんで毎週大学病院の整形外科や麻酔科に行っていた父が、なぜ自覚症状がありながら耳鼻咽喉科に出向かなかったのか。それは今も不思議でならない。いつも一緒にいた母の話では、その頃父は時折注意散漫に思えることがあったという。もしかすると、やや老化現象が現れていたのかもしれない。

父が大学病院の耳鼻咽喉科に行き、助教授の診察を受けたのは、十一月二七日になってからのことであった。この日と翌週の十二月四日、二週続けて細胞診検査が行われた。検査の後に先生から、

「検査結果は十三日にわかります。ご主人はお疲れのご様子なので、奥様お一人でおいでいただいてけっこうです」

と告げられ、母はすぐにがんであることを察知したという。三日後、両親は自宅から一時間ほどのところにある比叡山麓《ひえいさんろく》・滋賀坂本（明智光秀の居城跡。神社・仏閣が多い）に出かけ、わずかに紅葉が残る山々を散策した。このとき母にはすでに、父との最後の旅になるという予感があったのかもしれない。父はかなり疲れたようだが、それでもたいへん気持ちよさそうな様子であったという。

気力・体力を喪失

十三日、事前の約束通り母が病院に出向くと、父が下咽頭がんであり、直ちに入院

の必要があると告げられた。父は翌日入院した。本人には十九日になってから、医師から直接の告知があった。父のその日の日記には、

「夕方六時、主治医の助教授から別室で小生の病状について詳しい説明があり結局手術の必要があるとのことで、大きなショックを受ける。年内はそのための検査を行い、年明けに手術ということになりそう。九時過ぎ床に就いたがなかなか眠れず夜半過ぎ、また三時過ぎに目覚めて、熟睡できない」

と記されている。検査結果を踏まえて、今後の治療方針を家族に説明するという連絡を受けた私は、年末の二六日に京都に向かい、母と二人で主治医の説明を聞いた。

主治医はCTのフィルムを示し、黒板に図を描いて説明を始めた。

「下咽頭がんで、原発の咽頭部に近接して、ごく小さな転移を疑わせる個所が二つあります。治療は手術か、化学療法で病巣の縮小を図った後に放射線照射を受けるか、二つの方法があります。手術をすれば病巣は取りきれると思われますが、声帯を失います。化学療法を選べばがんはおそらく消失すると思われますが、再発のリスクがあります。再発までどの程度の期間になるかは、残念ながらわかりません。この二つの方法のうち、どちらかを選んでほしいのです」

私は主治医にいろいろな質問をした。特に聞きたかったのは、すでに転移が疑われる段階ならば、手術をしても再発リスクはそれなりにあるのではないか、ということ

であった。苦しい手術を受けて声まで失ったのに、その後すぐに再発したのでは、いったい何のための手術だったのかと後悔することになるはずである。

声を失うか否かは、父の人生そのものに決定的な影響を与える事態である。老化してきたとは言え、すでにがんの告知も受けていることでもあり、やはり父本人に決めてもらう以外にはない。そこで父を呼び、私から先生の説明内容をわかりやすく伝えて、父の意向を求めることになった。

「手術か、それとも化学療法と放射線治療の組み合わせか。どちらかを選んでほしい」

父はしばらく考えていたが、

「自分はこの先それほど長くない。私のようにマスコミの仕事をしてきた人間にとって、声と言葉を失うことは死に等しい。そうしてまで生きるつもりはないので、化学療法・放射線治療を願いたい」

父の答えは明快だった。そこで治療方針は決まり、翌二七日から早速、化学療法が開始された。父の日記にはこう記されている。

「午前十時から点滴、一日で六本を投与とのこと。昼食はそのまま食べる。一〜三本目はたいしたことがなかったが、四本目から体調がひどくダウンの状況になり、六時過ぎ、終わったときはグッタリする」

年内の化学療法はこの一回だけで終わり、大晦日には一時帰宅が許された。新年を自宅で迎えて正月二日には病院に戻った。五日の検査で肝機能が低下していることがわかり、予定していた化学療法は中止になった。ただ病巣は縮小していて、八日からコバルト照射が開始された。コバルト照射は隔日、計三十回の予定で、この間、断続的に抗がん剤投与も続けられることになった。

ところが、二週間後から激しい副作用が始まった。父は全く食欲を失い、これを補うべく点滴も連日施されたのだが、血管が弱って思うように点滴の針が入らず、漏れを起こして苦しんでいた。二月中旬には鼻中食に切り替わった。これも非常に苦しいもので、そばで見ていてもかわいそうで胸が痛むほどであった。なぜかＩＶＨ（中心静脈栄養）は使われなかった。苦しみに耐え抜き、三月十五日に三十回のコバルト照射を終えた時点で、見事に病巣は消失したのだが、父は気力と体力とを完全に喪失していた。

私は二週間ごとに姉と交代で入洛して父を見舞った。行くたびに父が衰弱していくのがわかった。ＩＶＨなどの処置をしてほしいと医師に頼むつもりであったが、医師が病室にほとんど現れないため、それすらもできなかった。四月二十日に入洛したときにはますます衰弱が激しくなっており、ついにこちらから医師を捜し当て、直接ＩＶＨを依頼した。ところが耳鼻咽喉科では対応できないという。そこで麻酔科に依頼して、別の医師の手によってようやくＩＶＨが施された。

　翌週、ゴールデンウイークを看病に充てるつもりで二九日に入洛したのだが、病院に見舞ったときの父の表情は死顔に近いものであった。結局、その夜遅くに息を引き取った。

大学病院への疑問

　父は入院先の大学病院に全幅の信頼を置いていた。死因となった下咽頭がんのときにも、専門医の診断・治療方針に従って精いっぱい闘病し、万一の事態も覚悟していたはずで、父に格別不満があったとは思いたくない。この治療が、当時の日本の多くの大学病院で受けられるごく普通の治療なのかもしれない。けれども、息子の私にとっては、話は別である。

　父の死後、私の闘病生活と比較して、よく母と話し合った。父が受けた治療と、私が国立がんセンターで受けた親身な治療とが、大きく違うものであったからだ。私は、父の治療にいくつか疑問を抱いた。十年後の現在では相当改善されているはずであり、この大学病院を非難する気持ちはないが、今振り返ってみて、患者として家族として、がん治療を担っておられるすべての医師の皆様に考えてほしいことがある。それをあえてここで書こうと思う。

第一に、主治医の助教授が病室に現れることが少なく、最後まで直接話をする機会がほとんどなかったことである。大学病院である以上、助教授ともなれば治療のほかに教育や研究などもあって多忙なのは仕方がないのかもしれないが、国立がんセンターで主治医が毎日朝夕、週末であっても欠かさず診察に訪れていたのとはまったく異なっていた。

日々の医療行為や患者との対話は、主治医の代わりにいつも三十歳に満たない若い医師一人に任されてしまう。その年齢では人生経験も乏しく、死と向かい合う患者とその家族にふさわしい対応を望むのには無理があった。医療技術面での未熟さが感じられることも多かった。点滴針を刺すべき血管を探すのにしばしば手間取り、母に言わせれば針の刺し直しや点滴の漏れが頻発し、父がかわいそうで見ていられなかったそうだ。これはこの医師の問題というより、研修医に任せておかざるを得ないシステムの問題であろう。

第二に、患者の容体の変化に伴う家族の希望がまったく聞き入れられなかった。副作用が加わって肺や胃腸の機能が急速に低下した後、母から再三、呼吸器や消化器の専門医の診察をお願いしたのだが、結局、診察を受けることはできなかった。ほかの部局の協力は仰がずに耳鼻咽喉科内ですべて対応できるという判断であったのかもしれないが、副作用による内臓の苦しみは、咽頭部の痛みとはまったく別のものである。

ほかの部局との連携がもう少しあってもよかったのではないか。

そもそも家族には、病状の変化や治療の見通しなどについての説明はほとんどなかった。そのため誰もが、最初に主治医から受けた、「春には帰宅もできる」という説明を信じるしかなかった。父自身、帰宅を夢見て必死に苦しい治療に耐えていただけに、容体の変化に対して最善の対応ができなかったのではないかと悔やまれてならない。

第三に、副作用が深刻に現れた時点で、そのまま治療を続けるかどうかの相談を本人と家族にしてほしかった。たとえ白血球の値が治療継続可能な範囲を示していたとしても、クオリティ・オブ・ライフの視点から、全身状態をもとに治療を見直していくことは必要なはずである。しかし、父の場合は副作用をどう考えるかについて何の相談もないまま、最後まで同じ治療が続いていた。がんの消失に積極的なあまり、肝心の全身状態のフォローが等閑視《とうかんし》されていたのではないだろうか。

今でも、父の最期にはもう少し手の打ちようがあったはずと思えてならない。非常に無念である。

最後の危機

六回目のがん手術の後も、私の体に転移の兆しは現れなかったわけではない。

手術後一年を迎えようかという一九九一年六月十一日。三カ月ごとの土屋先生の定期検診で、先生が直接検査された肺には異常はないが、検査部による肝臓のCT検査の結果、やや異常が認められたというのである。検査部からの、

「肝臓のS5の部分に1・2×2・4㎝、S6に0・8×0・8㎝の転移の疑いあり」

という検査リポートを示しながら、土屋先生は言われた。

「これががんの転移かどうかは判別が非常に難しい状態です。関原さんの肝臓はこれまで二度、三カ所の切除が行われていますから。はっきりさせるために、肝臓の小菅智男先生の外来を受診して、エコーによる検査を受けていただきたいのです」

私の肝臓を手術した幕内先生は、すでに信州大に転任されていた。

「先生、手術はできるのでしょうか」

「私は肝臓については専門外ですから、手術ができるかどうかは答えられません。辛いこととは思いますが、どうか小菅先生の診察まで待ってください。その結果を見たうえで私が小菅先生と相談し、必要があれば信州大の幕内先生の診察を仰がれてはどうかと思います」

先生方からはそれまで、転移があるとすれば肝臓より肺の可能性が高いという見通しが出されていた。そこで、大腸担当の森谷先生に代わり、肺担当の土屋先生が実質

的に主治医となってフォローしてくださっていた。ところが、がんはまたもや肝臓に舞い戻って現れたのだという。

幕内先生が執刀された最後の肝臓手術からすでに三年経過している。診察の後、病院の公衆電話から妻に電話をし、先生に言われたままを伝えた。妻は一瞬絶句した後、

「もう肝臓は大丈夫だと思っていたのに。幕内先生は三年たてば安全圏とおっしゃっていたのに……」

と静かに言った。京都の母にも同じく電話で伝えたが、母は非常な衝撃を受けたのか、声も出ない状態であった。夫を失ってからわずか二カ月で息子の再発懸念の知らせを聞けば、激しいショックを受けるのは当たり前だ。なぜこんな過酷なことをしてしまったのかと自責の念にかられたほどだった。

私自身はといえば、もちろん落ち込んでいた。冷静に考えられることは、

「来るべきときが来た」

ということだけであった。だが、小菅先生の診断を受けるまでは、転移かどうかはわからない。そう自分に言い聞かせ、耐えるしかなかった。

その日の夕食は重苦しい雰囲気になってしまった。妻と向かい合って食事をしながら、私はひたすら自分の運命を呪った。妻は、リウマチで痛む手を私に見せて、

「これでは十分な看病もできないわ」

と涙ながらに私に詫びた。これにはさすがにまいった。

妻にリウマチの症状が現れてからすでに二年たっていた。一年前に左手小指の手術をしたがうまくいかず、病気は確実に進行していた。指や手首の関節を中心に、この病気特有の痛みが襲い始めていたのである。

妻の主治医の話では、リウマチの原因は解明されていないが、ストレスが有力な候補なのだという。確かに、私ががんを患って以来、六年半というもの、妻は苦難の連続であったはずだ。精神的にも肉体的にも、極限状態を味わわせてしまった。妻までが難病と言われるリウマチを患ったことで、夫婦揃って病気に対する心構えができたとも言えるかもしれないが、私としてはやはり妻に申し訳ないという気持ちのほうが強かった。

夜、父の会葬御礼の挨拶状を書きながら、私が逝った後、こんな文章を妻や母が書くのかと思うとやり切れない気持ちになった。

床に入って思い出したのは、結婚以来夫婦二人でした旅のことであった。毎年、夏と冬には北海道、東北、上信越のいずれかを訪れていた。関西と山陰にもよく出かけた。海外ならアメリカ、イギリス、フランス、ドイツ、イタリア、スペイン、ポルトガル、オーストリア、スイス等々。子供がいないこともあり、すでにほかの夫婦の一生分以上の旅を十分に楽しんだはずである。思い出はもう十分過ぎるほどあるではないか。死の床についたときにも、写真や地図を見ながら夫婦のよき思い出を追想する旅をしよう……。

片岡君の三回忌

小菅先生の診察を仰ぐまでの間、針のむしろに座らされたような気持ちで悶々と過ごしていた私は、やはり書物に手を伸ばした。

ホスピス医・山崎章郎のベストセラー『病院で死ぬということ』。一気に読了し、自分にとって最も望ましい死に方を早めに決めておかねばなるまいと考えた。病院で死ぬのは嫌だ。自宅で静かに息を引き取るのが理想だが、がんの最期は激しい痛みや苦しみに襲われるはずである。この病気の性格上、自宅での死は難しいだろう。同じ大田区にお住まいの土屋先生と相談して、自宅で終末ケアをしてくれる近隣の医師を紹介していただくべきかもしれない。

千葉敦子さんの『「死への準備」日記』『よく死ぬことは、よく生きることだ』も読んだ。もう何度読んだのかわからないほどだが、私もいよいよ千葉さんと同じ状況を迎えたのだと思いながらページをめくると、内容は今まで以上に胸に迫ってくる。

小菅先生の診察の二日前、六月二三日には、同僚だった片岡君の三回忌があった。思えば二年前の二四日の夕方、激しい雨の中を、病院に彼を見舞ったのが最後の対面となった。死の直前の彼が激痛と呼吸困難に苦しんでいた様子が、何度も鮮明にフラッシュバックした。私も彼と同じように悲惨な最期を迎えるに違いない……。そう思うととてつもなく恐ろしかった。どうか私の最期は、もう少し安らかなものであってほしい。

三回忌ではまずご尊父が、息子を亡くした親の気持ちや心情を告白された。私の死後、母もこのような気持ちを抱くのであろうかと、ご尊父の悲しみに母の気持ちを重ね合わせて考え込んでしまった。

私は友人代表の挨拶をすることになっていた。しかし、私自身もさらなる肝臓転移を示唆されている。こんな明日をも知れない状況の私が、先に同じくがんで逝った友人への挨拶をすることになるなど、考えたこともなかった。

懐かしい彼の遺影の前に立った私は心の中でひそかに、

「おい片岡、俺もすぐお前のところに行くぞ」

と叫んだ。そして挨拶を始めた。

「元気で活躍していたあの片岡君が突然われわれの前から姿を消し、はや三回忌を迎えることになりました。われわれもよく考えれば片岡君と同様、明日をも知れない命です。そうであれば、われわれが日々充実した生き方をすることこそ、片岡君の願いではないでしょうか……」

その挨拶は、まるで自分に言い聞かせるようなものであった。

転移の証拠なし

いよいよ小菅先生の診察の日になった。小菅先生の診察室へ行く前に、森谷先生を訪れて、これまでの経緯を報告した。森谷先生は、

「土屋先生からすべて聞いています。関原さんの肝臓は本当に見にくく、転移が決まったわけではありませんから、あまりご心配されないように」

と小さな希望をもたせてくださった。

診察の順番がきて、小菅先生の診察室に入った。今度こそ死の宣告を受けるのだと、私は極度に緊張していた。

「関原さんは有名な患者さんですから、森谷、幕内、土屋の三人の先生方から伝え聞いています。それにしても大変でしたね」

小菅先生は私の闘病歴についてすべてご存じであり、私からは特段の説明はしなかった。先生は腹部にプローブを走らせながら、検査部で指摘を受けた問題の部分を何度もチェックしていた。より小さなプローブに替えて何度も見ていたが、どうもはっきりしないようであった。

エコーを終えた先生は、前回のＣＴフィルムを見ながら、

「ひとつはCTでこれだけ大きく（1・2×2・4cm）写っているにもかかわらず、エコーでは捉えられません。また、CTに写っている転移巣の形状は台形で、刷毛《はけ》で掃いたようになっています。通常の肝転移なら円形になるはずですから、少し違っています。もうひとつの小さいほうは、CTでは肝臓のへりに存在しているように写っていますが、エコーでは断定できません」

と診断された。

前にもこのようなことがあった。八八年一月の二度目の肝臓手術は、直前のCTでは転移巣がはっきりしなかった。そのときは森谷先生が、

「ひょっとしたら転移がないかもしれないが、幕内先生がエコーで確認されているので手術に踏み切りたい」

と話され、私は手術を受けることになったのである。その経緯をお話しすると、小菅先生はこう答えられた。

「幕内先生はご自身で最初に手術された以上、エコーでがんか手術の瘢痕かを確認されていたはずです。CTの解読は必ずしも医師の意見が全員一致するわけではなく、最終的には執刀医のエコー診断が決め手になります。今日の診察では、私は転移を断定できません。もう一度時間を置いて、CTとエコー検査をやり直します。ただし、転移が確定してから入院申し込みをするのでは遅くなりますから、今日、入院の申し

込みはしておいてください。入院まで一～二カ月を要します。その間、十分フォローし、転移が確実に確認できるまで入院を延ばせばよいのです。そして、もし最終的に転移でないとわかれば、そのときに入院の申し込みをキャンセルしましょう」

先生はそう言われると直ちに、三つ隣の診察室で外来患者を診察中の森谷先生のところに行って相談された。その結果、私は森谷先生の8B病棟（大腸）への入院手続きをとることになった。

「自分で手術していれば、もう少しよくわかるのですが……。申し訳ない」

小菅先生はそう率直に説明してくださった。

結局、私は国立がんセンターへの六度目の入院予約をした。予約申込書を書きながら、

（ほとほと入院は嫌だ。何とか逃げ切れないものか）

と祈るような気持ちになった。もっとも、診察の後ですぐに病室に舞い戻ることになることを予想していた私には、少し拍子抜けの結果であった。人間とは不思議なものである。ひょっとしたら転移ではないかもしれないという希望すら湧いてきた。ほんの数十分前まであれほど絶望していたというのに、わずかな希望を見いだしたことで気のもちようがまったく違ってきた。しかし、「転移ではない」と確定されたわけではない、入院申し込みまでしたではないかと思い直すと、すぐに気持ちは落ち込ん

でしまう。これほどまでに心が揺れ動くのは、がん患者特有のものかもしれない。

二日後の二七日が再度のCT検査で、その結果を踏まえて七月九日に小菅先生による再度のエコー診断があった。検査部のCTリポートによれば、S5の影については瘢痕の可能性が大で、S6についても転移の確定診断は下せないという。三カ月後に再度チェックが必要という所見であった。小菅先生はかなり時間をかけて綿密にエコー検査をされたのだが、

「S5については瘢痕でしょう。しかし、S6はまだ転移でないとは判断できません。一カ月後にもう一度エコーで確認させてください。それまでは普通の生活を続けてください」

という診断であった。

八月六日の外来検診でも、再び「S6については転移という判断を下せない」と診断された。九月三日の検診でも確認できなかった。最初に転移の疑いが出てから、宙ぶらりんの状態のまま三カ月が過ぎていた。それなのにいまだはっきりした診断が困難というのはなぜなのか。もしかすると、転移ではないのではないか……。

さらにCT検査を重ねて、ようやく「転移の証拠なし」と診断されたのは、季節が巡った十月八日であった。実に四カ月ぶりに転移の不安から解放されることになった。

「S5についてははっきり見えず。S6は、0・7×0・5と縮小しており、転移と

は考えられない」

と検査リポートに記されていた。やはり、一度メスを入れた臓器の転移の判断は相当に難しいものになるのだと実感する出来事であった。

外国人医師たち

一九九一年の肝転移の危機が去った後は、私はひたすら仕事に励んだ。

九二年六月には二年八カ月在籍したエネルギーの営業部から、経理部に異動になった。八月に日経平均株価が一万五千円を割り込み、政府の緊急経済対策が打ち出されるなど、バブル崩壊・金融危機が本格化した時期である。経理部での仕事は、銀行の決算、格付けや投資家対策などであった。その対応のため、米国、欧州にそれぞれ年二、三回の海外出張をするようになった。

九四年六月には、国際業務部に異動した。金融危機は確実に深刻化し、欧米の金融機関の邦銀を見る目が急速に厳しくなっていた。一方で、中国やアジア諸国のめざましい経済発展、いわゆるアジアブームが始まっていた。ここでも、数回の海外出張などで超多忙な日々が経過した。

九五年の夏、ついに最後の肺がん手術から五年が経過した。最初の大腸がん手術からは実に十一年の歳月が経過していた。再発の不安にさいなまれながら、この日が訪れるのをどれほど夢見てきたことか。ただ、本当に訪れることになるとは頭の片隅でも思っていなかった。

苦しい「がん戦争」に打ち勝ったという高揚した気分に浸っていた頃、銀行から、ハーバードビジネススクールでの三カ月間（九〜十一月）の研修に参加しないかという話があった。私は五年生きたことをもっと強く実感しようと、喜んでその研修への参加を決めた。

研修には世界中からビジネスマンばかりが集まるものだと思っていたが、そうではなかった。医学・病院関係者も四人参加していたのである。二人はアメリカ人の外科医、一人はマレーシア人の官僚、残りの一人はシンガポール人の病院経営者であった。

欧米の病院は、日本の大学病院やがんセンターのような国立病院とは異なり、医療サービスを提供して収益を上げる純粋なサービス事業が多数派である。医療と病院経営は車の両輪のような存在で、病院のトップは経営者である場合も多く、外科部長などになれば病院経営にも参画する。そのため、ビジネススクールで企業経営の手法などを学ぶ必要に迫られるのである。日本でも赤字経営に苦しむ病院が増えており、今後は従来型の病院経営ではなく、民間企業と同じような経営手法やプロの経営者を導入していかざるを得ない病院が増えてくるはずである。

二人のアメリカ人外科医のうち、一人はロン・コープランド氏といい、肺がんが専門だった。約三百の専門病院を傘下に持つ大手メディカルグループの、最大の病院の外科部長で、病院経営陣の一人でもあった。

もう一人の外科医はロン・ウェイントローブ氏で、ボストンのベス・イスラエル病院（私がニューヨークで手術を受けたベス・イスラエル病院と同系列）の心臓外科部長と、ハーバード大助教授を兼ねていた。

マレーシア人の官僚はドクター・メガットといい、ロンドン大の医学部を卒業した後、当時は保健省次官補として医学部門のトップの地位にあった。

シンガポール人の病院経営者はローレンス・リン氏。中国系シンガポール人で、千六百六十のベッドを持つシンガポール最大のシンガポール・ジェネラル・ホスピタルの最高経営責任者（CEO）であった。彼は医師ではなく、シンガポール大蔵省・保健省の官僚を経て、病院経営者となった。

彼らと三カ月起居を共にしている間に、私の闘病歴を話す機会があった。彼らは共通して、

「Amazing（驚いた！）」

「Incredible（信じられない！）」

と絶句していた。中には、

「ミスター関原は、ラッキーなアイアンマン（鉄人）だ」

と称賛する者もあった。肺がん専門医のコープランド氏は、

「大腸から肝臓や肺へ転移したがんの手術は、今では米国の病院でも頻繁に行われています。しかし、十年前はそう多くなかったはずです。日本ではその当時から、微小な転移をていねいにフォローし、チームワークのよい手術で対応していたとは予想外です。日本のレベルの高さを再確認しました」

と語っていた。シンガポールのリン氏は、

「シンガポールの大病院には、英国人、中国人、インド人などの一流の医師が働いており、がんの患者はシンガポールのほか東南アジア各国からも手術に来ています。医療や医師のレベルは高いが、私の病院ではミスター関原のようなケースは聞いたことがありません」

と話してくれた。マレーシアのメガット氏は、日本の医療レベルの高さに驚き、自国のレベルアップの必要を痛感すると率直に述べていた。

また、アメリカの心臓外科医ウェイントローブ氏は、別の見方をしてくれた。

「自分はがんの専門医でないから断言できないが、ミスター関原のケースは日本でも珍しいはずだ。アメリカと同様、日本でも病院や医師により相当の差があるはずで、このケースだけで各国を比較するのはフェアではない」

彼の意見もまた、非常に率直で正当な意見であろう。彼らとの交流を通して得た知識から、最初の手術後に意を決して帰国し、日本の国立がんセンターでフォローを続けたのは間違いでなかったのだと、改めて確信することができた。

二人のアメリカ人外科医と話をしていると、日本の医師とはどこか違うと感じざるを得なかった。最初の執刀医ドクター・スワンや化学療法の専門医ドクター・ボーゲルにも共通していたのだが、患者との対応に深みがあるのである。これは、アメリカでは大学の学部の四年間は歴史や文学、経済学や政治学などの学問を専攻し、大学院で医学部に入るため、何となく人間に幅があることと、医師になる志がはっきりしているためなのであろう。

がん以外の手術のことも話題になり、心臓外科医のウェイントローブ氏が、「心臓なら絶対にアメリカが一番だ。手術の症例が圧倒的に多く、移植も盛んで、多くの日本人心臓外科医がアメリカに研修に来ている」

とアメリカの水準の高さを誇って、難しい医学用語を交え、心臓病の治療についていろいろ説明してくれた。

「手術はがんだけで十分。心臓手術は無関係ですよ」

と私は軽く受け流していた。ところが翌年、彼の話を真面目《まじめ》に聞いておけばよかった、と後悔する出来事が起きた。

負荷心電図

ハーバードでの研修から戻ってまもなくの一九九六年二月、私は総合企画部長に就任した。この月は「住専国会」と名付けられた国会の本会議が開かれるほど金融危機が本格化し、金融問題が国民的関心になっていた。八月までの半年間は、今振り返っても銀行生活の中で最も多忙であり、またストレスの多い時期でもあったと思う。

三度目の肺手術を終えた頃から、私は毎朝、天候と時間の許す限り、銀行の最寄り駅である東京駅の二つ手前にある新橋駅で降り、約三十分間歩いていた。健康維持のためである。また、週に一〜二回はスポーツクラブで水泳を続けていた。だが、この年の夏頃から、何となく息切れを感じるようになっていた。左肺下葉を摘出して以来、肺機能が落ち、運動するたびに息切れを覚えてはいたが、この頃の息切れはそれまでとは少し異なっていた。

新橋駅から有楽町を越えて丸の内に入るあたりまで来ると息切れが強くなり、立ち止まって一呼吸してから再び歩き始めるという状況だった。夏の暑さと、五十歳を超えた年齢のせいなのだろうと考えてはいたが、不安はあった。

八月に入ってから少し時間の余裕ができたため、七日に銀行の医務室に出向いて心電図をとってもらった。当日の先生は循環器の専門医ではなく、心電図に大きな異常は認められないということであった。しかし、病院の検査を受けたり検査結果を聞いたりするのは、こちらもベテランの域に達している。体調にもいつも細心の注意を払っており、これで何もないわけがない、という気持ちがあった。そこで、さらなる検査をお願いし、二段の階段を三分間上り下りしながら計測する負荷心電図をとってもらった。

その後仕事場に戻り、部下と打ち合わせをしていたところ、突然医務室から電話を受けた。

「関原さん、救急車を呼んででも至急慶応病院に行ってください！」

私は何のことを言われているのかわからず、とっさに、妻が事故か急病のため救急車で慶応病院に運び込まれたので、すぐ駆けつけろという意味だと誤解した。

慌てて医務室に向かうと清水理恵子看護婦長が言った。

「関原さん、すぐ病院へ行きましょう。あなたの心臓はたいへん危険な状態なんです」

「いったい何があったんですか」

「負荷心電図に顕著な異常が見られたので、ファクスで慶応病院の専門医に送ったところ、強度の狭心症の症状が現れており、至急入院、検査の必要ありという連絡を受けたのです。医務室で、寝間着や洗面具等、入院に必要な最小限の準備はしました。

今からすぐご一緒しましょう」

やはり私の疑いは正しかったのである。自分の体に対して常に用心深くなっている「患者のプロ」としての真価が発揮されたわけだ。だが、突然重病人となってしまったことは、まさに青天の霹靂《へきれき》であった。部下の付き添いで慶応病院の救急患者外来センターに運ばれ、血液をサラサラの状態に保つ薬剤を点滴されると、車椅子に乗せられて病室に直行した。医師からの指示は、

「動かないように。トイレにも極力立たないように」

というものであった。

慶応病院ではいろいろな検査を受けたが、最終的な診断の決め手となったのは、心臓の「冠状動脈造影検査」であった。麻酔をしたうえで、足の付け根を走る動脈からカテーテルを心臓近くまで入れ、造影剤を送って血管や心臓の動きをチェックしてフィルムに収める大がかりな検査である。その結果、左の冠状動脈のうち、前下行枝《ぜんかこうし》（心臓に必要な血液の四～五割を担う）が七五％、回旋枝《かいせんし》は百％詰まっている状態であることが判明した。ただこの回旋枝の末端が、右の冠状動脈から枝分かれして伸びた自然のバイパスで繋がっていて、辛うじて血液が回っていることもわかった。

心臓に血液（酸素）が行き渡らなければ、心臓が止まってしまうのはごく当たり前である。突然血管が詰まってその先に血液が流れなくなり、酸素が届かずに心筋組織

が壊死《えし》してしまうのが心筋梗塞《こうそく》だという。がんのメカニズムに比べ、圧倒的に物理的な病気だと思ったものである。

慶応病院の循環器内科の先生からは、治療法として、薬物、バルーンカテーテル法（ＰＴＣＡ）、およびバイパス（迂回路《うかいろ》）手術の三つがあることを聞いた。もし私が高年齢で、リタイアして家でブラブラしているだけなら、薬を飲みながら負荷をかけない生活を送るだけで対応できないわけではないが、普通のビジネスマンの生活を送るのであれば、やはり血管の狭窄部《きょうさくぶ》を広げることが必要だという。

ＰＴＣＡは二～三日の入院で済み、体の負担も少ないため、最も一般的な治療である。しかし私の冠状動脈の状態ではリスクもあるという。私の場合は狭窄部が前下行枝の根元にあり、これをバルーンを使って広げれば、コレステロールや血栓等を刺激して、前下行枝から枝分かれした広範囲の血管を詰まらせ、心筋梗塞になるリスクもあるというのである。したがって、全身の負担ははるかに大きいが、より安全で再狭窄リスクのないバイパス手術を勧めたいというのが先生の見解であった。

バイパス手術

全く予想していなかった心臓バイパス手術を勧められても、それがどんなものなのか想像すらつかない。がんについては相当長く付き合ってきているし、それ相応に詳しく勉強してきたから、ある程度の状況を聞けば察しはつく。何だかわからぬままに治療を受けるのは、これまでの経緯からも納得がいかなかった。仕事は山積み、顕著な自覚症状があるわけでもない。そもそも手術はがんで六回もしているから、もうこりごりという気持ちが強かった。

「ＰＴＣＡでは本当にダメなのでしょうか」

「もちろん、対応できないわけではありません。しかし、もし自分の親が同じ状態であれば、私は一カ月以内に手術することを勧めますね」

先生の言葉は強烈であった。心臓の「リスク」とは、死に直結するものである。やはり手術を受けざるを得ないのであろうか。

「でも先生、私はこれまで大腸、肝臓、肺と、もう六回も手術を受けているんです。果たしてこの体で手術は可能なのでしょうか」

「私は循環器内科医ですから、がんの手術との関係で手術ができるかどうかについては申し上げられません。手術を受ける場合は、循環器外科で別途必要な検査が行われます」

ならば自分で確認せねばと思い、私は国立がんセンターの土屋先生に電話をかけて相談してみた。

「慶応病院で、心臓バイパス手術を勧められました。しかし、六回も手術した体で手術ができるのでしょうか」

「心臓バイパス手術は最近ではかなり手がけられており、そんなに難しい手術ではないようです。左肺下葉摘出によって肺機能が低下していることは確かですが、関原さんは日ごろよく運動されていることもあり、機能はだいぶ回復しています。肝臓、腎臓の機能も問題ないので、手術は大丈夫だと思います。心臓病を抱えたがん患者もいますし、逆のケースもあります。私も、心臓専門の榊原《さかきばら》記念病院から紹介を受けた患者さんの手術をしたことがあります」

「この体で心臓バイパス手術を受けるなら、どこの病院がよいのでしょうか」

「特殊で専門的な手術ですから、たくさん手がけている病院の先生のほうがよいと思います」

土屋先生への相談から、六回のがん手術を受けたとは言え、現在の体の状態ならバイパス手術は可能だろうという感触を得た。手術は嫌だが、せっかく発見した以上、ベストの治療を受けたいという気持ちもあった。国立がんセンターでの治療を受けたことで、病院によって受けられる治療にかなりの差があることはよく知っている。手術するのであれば、最高の技術をもった病院で受けたい。

幸い、入院したのが内科であったことで、私は慶応病院の主治医に私の病歴について説明したうえで、手術するならどこの病院でするのがよいか、意見を求めることにした。先生は意外に率直に答えてくれた。

「手術をどこで受けるかは患者が決める問題です。慶応病院は動脈瘤《どうみゃくりゅう》手術に関しては多いのですが、バイパス手術はさほど多くありません。慶応病院より、慶応系の済生会中央病院のほうが、症例はずっと多いと思います」

　済生会中央病院とは全く思いも寄らない名前であった。どうすればいいのか。困ったときには従兄の宮村氏に相談するのが一番である。特に心臓なら、地方の日赤病院の外科部長をしている彼の弟が心臓外科医なので、より詳しい情報を得られるかもしれない。そこで宮村兄に電話をした。彼は私の七回目の手術に深く同情したうえで、答えてくれた。

「この手術をたくさん手がけているのは、必ずしも大学病院や国公立病院ではないんだ。しかもこの手術は拡大眼鏡で見ながら、極めて細い血管（一〜二ミリ）を縫合する技術と経験を要するので、病院を探すより、この手術をたくさん手がけている先生がどこの病院にいるかを探すことだ。候補先はいろいろ挙げられるが、榊原記念病院の小船井院長が新潟のご出身で、よく知っているので紹介できる」

　国立がんセンターの土屋先生も、榊原記念病院の名前を挙げておられたことを伝えると、宮村兄はこうアドバイスしてくれた。

「がんの手術との関係もあるから、もし榊原で手術ということになれば、土屋先生に紹介状をお願いしたほうがいいよ。手術に際しては、がんセンターのこれまでのデータやコメントが必要になるはずだから。もちろん私からも小船井先生に依頼しよう」

土屋先生に再度電話でお願いしたところ、紹介状などについて快諾いただいた。この経緯を踏まえ、慶応病院内科の主治医の先生に返答した。

「先生からは済生会病院の症例が多いとうかがいましたが、ほかにも適当な病院があるのではと調べました。その結果、榊原記念病院ならがんセンター経由で紹介していただけることになりました。手術を榊原で受けるというのはいかが思われますか」

「私は外科医ではないので何とも言えませんが、心臓専門の一流病院ですし、バイパス手術の件数も東京では五指に入っているように思います」

「もし榊原に転院となれば、冠状動脈造影検査のフィルムも含めて、資料をお願いできますか」

「もちろんです。関原さんの資料なんですから。紹介状にコメントを付してお渡し致します」

そこで私は、榊原記念病院で心臓バイパス手術を受ける腹を固めた。

手術困難の理由

一週間の入院の後、八月十四日に慶応病院を退院した。退院に際して先生から、狭心症ではあるが、手術までしばらくの間、通常の勤務は差し支えない。ただし心臓への負荷を避けるため、駅の階段の昇降はやめてエレベーターやエスカレーターを使うこと、心拍数や血圧をコントロールする薬を服用し、血管拡張のためニトログリセリンの貼《は》り薬を使うことなどの指示があった。

退院の翌日から早速出勤した。職場の同僚や部下は皆、非常に驚いていた。

「一体どういうことですか！　突然入院し、車椅子にまで乗せられたと聞きましたが、一週間で何もなかったように戻ってこられるとは。まるでキツネにつままれたようです」

「いや、恐ろしいものだよ。何の前触れもないのに突然、『心臓がシリアスな状態だ、すぐ手術だ』と診断されたんだから、全く信じられなかった。しかし、今はむしろ非常にラッキーと思えるようになったよ。心臓の血管が詰まってくると、心筋が酸欠に陥って普通なら胸痛を訴えるものだ。ところが私の場合、自覚症状すらなく、普通の心電図では何ら異常が見つからなかった。一定の負荷をかけて初めて心電図に狭心症の状態が現れた。要するにいつ発作を起こし、突然死しても不思議でなかったんだ」

私は彼らにそう説明した。

榊原記念病院の小船井良夫院長（外科）と住吉徹哉副院長（内科）の診察を受けたのは十九日、入院は三一日だった。検査の結果、体力や機能の面では手術には問題ないが、過去にがんを患い、しかも再三転移・再発を繰り返したということであればやはり手術は困難で、ＰＴＣＡで治療するという診断が下った。手術困難な理由は、バイパス手術中にいったん心臓を止め、その間人工心肺を使って血液を循環させることにあった。人工心肺を使うと体の免疫力が急激に低下する。その結果、体内に潜んでいるがん細胞が活性化し、転移、再発するリスクがあるというのであった。私は、

（手術をすると思って榊原に転院したのに、手術はダメでＰＴＣＡか。それなら手間をかけて病院を探すまでもなかった）

と悔やまれてならなかった。この所見について、土屋先生に電話で相談してみた。先生は、

「確かにがんと免疫は大いに関係はありますが、免疫力が落ちたら眠っていたがんが勢いを取り戻し再発するというのははっきりしていません。心臓がダメになればすべて終わりなんです。私から榊原の先生にお話ししてみましょう」

土屋先生は森谷先生やほかの先生方とも相談されたうえで、榊原記念病院の担当医師と直接話をしてくださった。いつも通りのご親切な心遣いに感謝した。土屋先生から出された見解は次のようなものであった。

「関原さんのがんは最後の手術から丸六年、最初の手術から十二年経過しており、かりに再発の懸念があるとしても、リスクは極めて小さいはず。むしろ冠状動脈の状態

が放置できないほどの状況であるなら、まず心臓の治療を優先したほうがよいのではないか」

これを受けて、榊原側も当初の予定通り手術に踏み切ることになった。主治医は内科の住吉副院長からバイパス手術専門の外科医、維田隆夫《いだたかお》先生にバトンタッチされた。手術の順番待ちのため、九月五日にはいったん退院した。

住吉先生からは、この病気の原因についていろいろ教えられた。狭心症の危険因子としては、コレステロール、高血圧、タバコ、糖尿病や肥満、そしてストレスなどであるという。そのとき初めて、幕内先生が最後の検診で、

「コレステロールが高過ぎます」

と警告してくださっていたことを思い出した。あのとき先生は、がん以外の病気を気にされていたのかもしれない。それなのに、コレステロールを下げるための治療も服薬もしなかった。自分の頭には、病気といえばがんのことしかなかったのである。

ストレスは当然あった。小船井院長も住吉先生も、

「六回のがん手術を受けたとなれば、これ以上のストレスはないはずです」

と強調され、六回の手術によく耐えてきたとおっしゃってくださった。仕事からくるストレスもあったと思う。金融危機の時代、総合企画部長の仕事はやはり激務であった。闘病と仕事のストレスが重なって、それが心臓病のきっかけのひとつになった

のかもしれない。

今後のさして長くない人生のことを考え、私はひとつの結論に達した。心臓病を引き起こすほどのストレスがあるなら、仕事は適当な後任者を探してもらおう。健康第一の生活が最も大切なのだから。

肝臓への最初の転移が明らかになったときも、後任者を、とお願いしたことがあるが、慰留を受けた。入院が決まったという知らせが十一日にあった後、私は池田輝三郎人事部長（現・副頭取）の元へ行って申し出た。

「これまで再三入院で銀行に迷惑をかけてきました。今度は心臓の手術で入院します。この健康状態ではとても総合企画部長の重責をまっとうできません」

池田人事部長は真面目な表情で、

「急に後任者をと言われても無理ですよ。とにかく手術を受けてください。その結果を見てからゆっくり考えましょう」

と聞き流された。同じように、今度は西村正雄頭取に入院報告に出向くと、

「君は不死身だよ。十月になればまた忙しくなるから、それまでゆっくり手術を受けて、元気に戻ってこい」

と逆に激励されてしまった。

リスク問答

手術は三連休明けの九月十七日に決まったため、がんのときと同様、直前まで病院から出勤し、自宅に戻る日々であった。この間、同じフィットネスクラブに通う仲間である、慈恵医大の循環器専門医三穂乙哉《みほおとや》先生（現在、東京・大崎でクリニックを開業）から、心臓疾患に関するさまざまな知識や有益なアドバイスをいただき、手術に臨む覚悟もできた。また、ロシアのエリツィン大統領が米国から専門医を招いてバイパス手術を受けることから、新聞・雑誌にバイパス手術のことが詳しく報じられた。大腸がんのときはレーガン大統領、心臓のときはエリツィン大統領と、奇しくも世界の大物政治家と同じ病気を患うとはと苦笑した。

手術に際しては、主治医の維田先生から図を示しながらの完全なインフォームド・コンセントがあった。バイパス手術は、まず胸正中部をメスで開き、胸骨をノコギリで縦に切る。肋骨を観音開きしてそこに現れる心臓を止め、短時間の間に血管の縫合を行うのである。

私からは、失礼をかえりみず聞きたいことを率直に質問してみた。がんの手術とは違い、バイパス手術は一度心臓を止める。手術途中で死んでしまうこともあり得ると思い、心配な部分はすべて聞いておきたかったのである。

「こちらの病院では昨年と今年、何件ずつバイパス手術を手がけられましたか」

「昨年は百件強、今年もすでに百件近く手がけています」

「この手術で命を亡くされた患者はどのくらいいるのですか」

それが一番知りたいことであった。

「昨年は一件、今年はゼロです。昨年の一件はもともと相当な不整脈があった患者で、手術自体はうまくいったのですが、術後、不整脈で亡くなりました」

「確か興銀の元副頭取も、私と同様、慶応病院から手術のために転院され、術後二〜三日で逝去されたと記憶していますが……」

「よく覚えております。あの方は過去何回か心臓発作に苦しまれており、思い切って手術しようということでこちらへ転院されてきました。手術はうまくいったのですが、二日後に不整脈が出て亡くなりました」

「毎年百件も手術しているわりには、死亡率は低いですね」

「この手術は、当病院では相当安全な、確立された手術と考えております。関原さんのように発作や不整脈もなく、狭窄個所や血管の状況など十分検査したうえで手術する場合は、まず問題ありません。逆に、発作を起こして倒れて運び込まれ、十分な検査の時間もないまますぐに手術となった場合は、リスクは高いと思われます。ゴルフと同じです。好天で、どこにバンカーやクリークがあるか、グリーンの目はどうか、すべてわかったうえでプレーするのと、スタート時間ギリギリにゴルフ場に到着、見通しが利かない霧の中でゴルフするのでは、とんでもないスコアの差が出てしまうことに似ています」

さすがに富士ヘルスカントリークラブに医師を派遣している病院らしい説明だった。

「手術は二本のバイパスを考えています。一本は、血流が非常によい内胸動脈をそのまま、七五％狭窄している前下行枝に直接繋ぎます。もう一本は、左大腿部を長く縦に切り開いて大伏在静脈《だいふくざい》を切り出し、これを百％詰まっている回旋枝のバイパスに使います」

「よくわかりました。あまりリスクもなさそうで安心しました。何しろ心臓の手術ですから、途中で心臓が動かなくなることもあるのではと不安でした」

「もちろんリスクもあります。ひとつは全身麻酔によるショック、第二は大量出血、第三に院内感染、第四に不整脈、第五に心不全や各種臓器不全、第六に脳梗塞などが考えられます」

「そんなに多くのリスクを説明される一方で、この手術は安全で、この一〜二年の手術の死亡は皆無に近いと説明されるのですから、何となく違和感があります」

「考えられるリスクをすべて申し上げただけで、その可能性とは別の話です」

「何か病院のリスクヘッジのような気もしますが、具体的にリスクを説明していただきよくわかりました」

あまりに正直な説明に耐えかねて、そばで聞いていた妻が突然質問した。

「そんなにリスクを説明されて、この病院で手術を受けても大丈夫なのですか」

「手術をどこで受けるかは患者さんに決めていただくことです」

「この病院で手術を受けようと思っているのに、手術を前にいまさらそんなことを言われても困ります。自分に手術を任せなさいと言ってもらえないのですか」

先生はニコニコしてお答えになった。

「いろいろ申し上げましたが、大丈夫です。安心して手術を受けてください」

一カ月で復帰

心臓バイパス手術は九月十七日朝九時に始まり、午前中には終了した。二日間のICUでのフルケアを経て、一般病棟へ戻った。

心配していた不整脈や脳梗塞もなかった。術後は硬膜外麻酔などの痛み止めは一切施されなかったが、胸の正中部の切開部（約二〇センチ）には痛みがほとんどなかった。背中（肺）、腹部（大腸）、わき腹（肝臓）の切開後と全く違うのが不思議だった。

三日後には歩行を開始した。見舞いに訪れた同僚や友人たちは、手術後の私が心臓をいたわりながらベッドに静かに臥していると思っていたであろう。あまりに早い回

復に驚いた様子だった。先生や看護婦たちからも、

「普通の患者は、もう動いても大丈夫ですと言っても、数日間は怖くて動かず、恐る恐る歩行を始めるものです。やはり『手術慣れ』しているのか、すごいですね。ほかの患者に比べ回復、退院はずっと早い。手術のベテラン患者は、さすがに違う」

などと感心されてしまった。

吻合した血管やバイパスの状態がうまくいっているかどうかは二週間ほどでわかる。バイパス手術を受けた狭心症の患者は通常、手術が終わると血流が大きく改善して心臓の負担が軽減し、体全体が非常に軽くなるのだという。しかし、私の場合はもともと普通にしていれば症状もなく、心臓の痛みも全く経験していなかったため、バイパスがうまく機能しているのかわからず逆に不安だった。

二週間後の十月二日、再度カテーテルを入れて血管や血流をチェックし、バイパスが十分働いていることが確認された。翌三日、無事、榊原記念病院を退院した。その後、十一日に一度出勤してみたところ特に異常がなかったため、手術から一カ月もたたない十四日から職場に復帰した。

ただし、職場復帰に際してはいくつか注意事項もあった。胸骨をノコギリで切るというのは、人為的に骨折させたようなものである。骨がしっかりくっつかないうちに胸に衝撃を受けると、肋骨で心臓を守ることができない。そこで注意を受けたのは、

二カ月間は車の運転をしないことと、満員電車などに乗らないことであった。それらの注意はしっかり守り、普通の生活に戻ることができた。

長尾宜子さん

一九九七年秋、本屋で『燃えるがごとく、癌細胞を焼きつくす——最高のインフォームド・コンセントを求めて』という刺激的なタイトルの闘病記を見つけた。早速買って一気に読み、大変な衝撃を受けた。著者は建築家の長尾宜子《ながおよりこ》さんである。外銀や外国証券会社が多く入居するアークヒルズや、お台場のホテル日航東京には仕事の関係でよく出かけることがあり、それが有名な女流建築家の設計であることは聞いていたが、その建築家が長尾さんで、闘病中のがん患者であることも全く知らなかった。

長尾さんのがんの原発は私と同じ大腸（横行結腸）で、ステージも同じデュークCであった。手術後ただちに抗がん剤治療を始められたが、間を置かずに肝転移がわかり、切れば治るとの思いから、何と四年間に十回の摘出手術を受けたという。しかも病院は済生会から癌研附属病院、そして名古屋大学附属病院と転院して、今も闘病に苦しんでいるという話に、私はとても他人事とは思えなかった。

本に挟んであった読者カードに、大腸から肝臓そして肺へ転移しつつも手術で切り抜けた私の病歴を簡単に書き、「長尾さんのがんの転移がどうか止まらんことを願う」旨の言葉を添えて投函《とうかん》した。

その年の十二月二八日、仕事納めの日の夕方であった。銀行一階の受付から、

「長尾さんという方が、ご夫妻で関原さんをお訪ねです」

という連絡があった。ご主人で建築家の海老《えび》根哲郎さんに支えられ、ミンクのコートを着た長尾さんであった。

「関原さんのお便りが出版社経由で届き、お訪ねしました」

と言って私の部屋に入ってこられた長尾さんは、知的で魅力的な女性であった。しかし、度重なる手術のために相当疲れていた様子でもあった。部屋に入ると椅子に深々と座り込み、ご自身の病気と治療の経緯を説明された。

「実は今回、肺に転移して、もうダメだと悲観していましたが、関原さんが肝臓から肺に転移して、三度も肺の手術をされながらもお元気であることを知り、ぜひお話をうかがいたいと思って参りました」

彼女の話を聞き、わずか四年の間に私以上に手術を繰り返した彼女が、どれほど辛く、厳しい試練を受けたのかと、同情を禁じ得なかった。

私の病気の経緯を詳しく話すと、彼女は、

「私も肺の手術を受けたい。がんセンターの土屋先生を紹介してほしい」

と懇願された。

「わかりました。すぐに先生にお願いしてみましょう」

とその場で約束し、御用納めも終わって自宅でくつろいでおられた土屋先生にお電話をしてみた。

「私のことでなく、知人の件で至急ご相談したいことがあります。今夜ご自宅をお訪ねするのをお許しください」

その夜、彼女の本を持って先生のご自宅をお訪ねし、診断をお願いした。

「年明けにがんセンターに来院いただければ診察しましょう」

と嬉しいご返事をいただき、その旨を長尾さんに伝えた。

彼女は正月明けに国立がんセンターに入院した。当初はそれまでの度重なる手術で体力、機能は相当低下してはいるものの、何とか手術はできそうだという見通しであったが、その後、腎臓の機能が急激に落ち、結局手術は無理になった。

三月になって彼女から、

「お世話になった先生と会食をするので、ご一緒に如何《いかが》ですか」

というお誘いがあり、赤坂の老舗《しにせ》の料亭「多満川」に出かけた。アークヒルズの設計を担当した関係で、彼女と懇意の「多満川」の女将《おかみ》が、長尾さんの病状の深刻さと参加メンバーを知って、最高の料理を用意してくれていた。土屋先生は所用で欠席されたが、彼女の度重なる肝臓の手術を手がけた高名な二村雄次《にむらゆうじ》名古屋大教授や、癌研附属病院の医師数人が顔を揃えていた。

彼女は自分の病状の深刻さについては十分わかっており、ご主人や先生方に甘えるような様子でしばらく歓談していたが、体力的に限界ということで途中で別室に移った。

長尾さんは、七月五日に逝去された。五二歳であった。がんで亡くなった場合には死因を隠すことが多いが、彼女の場合は「転移性肺がん」と発表された。盛夏の八月三日、彼女が設計したホテル日航東京で「お別れの会」があり、私も出席した。二村先生や森ビル社長等、何人かの人たちから、彼女の想い出や業績、闘病についての話が披露され、参列者の涙を誘った。

百%のインフォームド・コンセントを受け、徹底的にがんと闘いながら、最後まで仕事を精いっぱいやり、多くの人たちから惜しまれて死去した彼女の姿は、がんと闘った女性の中では千葉敦子さんと並び、私にとって強烈な印象を残した。

八月十九日の朝日新聞の夕刊「惜別」欄に、長尾さんのことが紹介された。ちょうど、私の元上司で、やはりがんのため急逝された石原秀夫氏（元興銀副頭取、ゴールドマンサックス証券会長）と並んで、名文の追悼と大きな写真が掲載されていた。その記事は今も大切に保存している。

闘病の終わり

心臓バイパス手術の後、二〜三年間は、免疫力が低下してがんの再発リスクが高まることも覚悟していた。しかし、二〇〇〇年八月には最後のがん手術から十年間が無事経過し、よもや迎えることができると思っていなかった二十一世紀を無事に迎えることができた。

がんについては今も定期検査を受けている。まず肺は年三回（四、八、十二月）レントゲンを撮り、その場で土屋先生の診断を仰ぐ。さらに年一回、四月の診察時にCTでもチェックしている。

肝臓は、肺と同じ日に年一回、土屋先生の指示によって腹部CTによりフォローをしている。幸い九一年秋以降は、CTに何の変化もない。

主に肺と肝臓のフォローをしているため、大腸の森谷先生に診察していただく機会はほとんどない。たまに先生の外来診察時間の終わった頃を見計らって顔を出すと、「関原さん、本当に元気そうですね」

と体調に変化のないことをいつも喜んでくださる。しかし、その後は先生から銀行批判をうかがうことになるのが通例である。

信州大から東大に移られた幕内先生には、知人の肝臓、胆管などの極めて困難な手術をお願いすることもあり、時々お目にかかっている。

「関原さんは本当にラッキーですよ」

という先生の口癖は変わらない。また、ニューヨークの新谷先生にも、年に一度帰国される際、胃・大腸の内視鏡検査を受けている。診察のたびに、十六年前のニューヨークでのがん宣告の話になり、

「よく頑張りましたね」

と励ましていただいている。ただし、

「最近の食生活は問題含みです。せっかく助かった命ですから、食生活に気をつけてください」

と食事療法の必要性を中心に、さまざまに有益な注意を受けている。

心臓については、榊原記念病院で年三回維田先生の診察を仰ぎ、また年に一回はトレッドミル（ベルトコンベヤー上での走行）や心臓エコーにより、心筋の動きや血流のチェックを受けている。今のところ検査結果や心電図にも変化はなく、バイパスはうまく働いているようだ。

心臓の最大の敵はコレステロールである。食事には相当気をつけているつもりだったが、昨春コレステロールが上昇した。検査の結果、甲状腺機能が大幅に低下（甲状腺ホルモンが不足）していることがわかった。私の闘病歴から、甲状腺がんを心配した

医師がエコーでチェックしたがその疑いはなく、ホルモン増強の薬を服用したところ、コレステロールは一気に低下した。

国立がんセンターもこの間、ずいぶんと変化があった。一九九〇年代に入り漸次予約制が導入され、待ち時間は一時間以内になった。私自身の転移・再発リスクが大きく減少したこともあって検査や診療にかかる時間は短くなり、仕事にはほとんど支障がなくなった。八六〜八九年にかけて二週間ごとに、しかも仕事に影響しないようにと早朝暗いうちに自宅を出て病院に向かい、転移・再発の宣告に脅えながら三時間はじっと待っていたことを思えば、まるで夢のようである。

九八年十二月には、国立がんセンター中央病院の新病棟が竣工《しゅんこう》した。それまでの設備はアメリカとの比較から不満いっぱいだったが、新病院はバブル時代に計画されたせいか、実に立派である。竣工直後、入院されていた故中村元頭取の個室にお見舞いに参上したとき、あまりの立派さに私が、

「ホテル並みの部屋ですね。国立病院にしてはぜいたく過ぎませんかね」

と申し上げたところ、

「経済大国日本におけるがんのトップ病院なんだから、このくらいの設備は当然だよ」

と話しておられたのを思い出す。私が五回もお世話になった相部屋も見違えるばか

りである。窓は大きく、スペースも広がり、トイレ・洗面所が付いており、これなら気持ちよく闘病できそうと思ったほどであった。

榊原記念病院も、三年後（二〇〇三年）には府中市に新しい病院を建設し、移転の予定である。小船井先生は新病院の青写真作りに奮闘しておられる。一患者として、専門病院ならではの職人気質《かたぎ》的なよさが失われないことを願ってやまない。

がんで得たもの

父が九一年に亡くなった後、母はしきりに、

「おまえのがんはすべてお父さんが持って行ってくれたから、もう大丈夫」

と言っていた。不思議なことに母の言う通り、父が亡くなった後にがんの再発は起きていない。父は本当に、私のがんまで持って行ってくれたのかもしれない。

私が三九歳でがんを患ったことは、不運だったのは疑いもない。仕事のうえで、いや人生でも最も大切な時期を病との闘いに明け暮れてきた。同世代の大部分の人たちは、もっと恵まれた十六年を過ごしてきたはずである。

度重なる手術を受けたことは肉体的な困難に加え、精神的なプレッシャーも相当なものであった。私は特別な人間ではなく、人並みかそれ以上にナーバスである。進行がんの宣告を受けてからの悩み、苦しみは簡単に語れるようなものではなかった。口

には出さずとも、死にたくなったことも数え切れないくらいあった。

　肩身の狭い思いをしたことも多い。心臓手術を加えて七回もの手術をした私の体は傷だらけである。趣味のゴルフに行っても、満身創痍《まんしんそうい》の体でパートナーと一緒に風呂に入るのは気が引け、

「今日は風邪気味ですから風呂はやめておきます」

などと言い訳をしたり、遅れて隠れるように入ったりしたこともあった。

　しかしよく考えれば、私は好きで手術したわけではない。ただ運悪くがんになっただけである。そう思うと一種の開き直りができた。

　がんではあっても、仕事を精いっぱいやる、趣味も大いに楽しむ、交友も広げる。そうやってよりアクティブに生活することが周囲の不要な気遣いをなくし、明るさを増すのだと確信し、常にそうしてきた。実際、毎週末にはフィットネスクラブに行って水泳を楽しみ、クラブ仲間とジャクジー（気泡風呂）に入って談笑している。当然、傷だらけの体は彼らにははっきりわかっている。仲間には三穂先生ほか何人かの医師がおり、逆に有益な医療情報を得られることも多い。

　がんとの長い闘いは本当に過酷な日々ではあったが、がんを克服できた今振り返ってみると、健康に生きていたならば決して得られなかったであろう多くのものが得られたことも確かである。

第一に、世の中には病で苦しんでいる人たちがいかに多いかを知ったことである。街を歩くとどこに病人がいるのかと思うが、どの病院に行っても患者はあふれている。決して老人だけではない。子供も若者も病を背負いながら、必死に闘っている。病人や弱い立場の人間をいたわる気持ちは、自然に湧いてくるようになった。私ががんと闘った十六年間で、日本は豊かな社会を実現したが、弱者をいたわらず、強者に阿《おもね》る風潮は依然強いようである。そんな場面を実際にたくさん見てきた。

第二に、いつの間にか度胸がつき、恐れるものがあまりなくなったことである。些事に一喜一憂することなく、諦観して何事にも臨めるようになった。同世代の人たちに比べれば、気持ちのうえでやや老境に達しているかもしれない。

第三に、肉親や友人をはじめ、よき人間関係がいかに大切かを知ったことである。人間は病気になったり、逆境に陥ったりしたときに初めて、よき人間関係のありがたさがわかるのだと思う。結局、それまでの人生そのもの——どんな生き方をし、どんな人間関係をもって過ごしてきたか——にかかっているのだ。この十六年余、実に多くの人たちの支えを得られたからこそ、私はがんと闘ってこられたのである。

最初にがんになったときはまだ中堅のサラリーマンに過ぎず、興銀の看板や幹部の力に頼って、素晴らしい病院や医師の紹介を受けたわけではなかった。すべてよき肉親や友人たちが、何とか助けてやろう、力になってやろうと、尽力してくれたおかげである。担当していただいた先生方も、今でこそ日本の高名な外科医となってはいるが、当時はまだ若手であった。ほぼ同年齢の私ががんで苦しんでいる様を見て、この若さで死ぬのはかわいそうだ、何とかしてやろう、という気持ちで治療に当たられたはずである。

そんな周囲の人々の気持ちを感じるからこそ、再三切れそうになった闘争心を奮い起こして、

（どうしても死ねない）

という気持ちを維持できた。手術がうまくいくごとに、妻や両親のためにも、そして献身的に尽力されていた先生方のためにも、最後まで頑張って生き延びたいという気持ちが高じたのである。

仕事上でもちょうど金融の大激動期にあたり、面白くかつ責任ある仕事が続いたため、余計に死ねないという気持ちにさせられた。そして、健康人同様に仕事の機会を与えられ、銀行の役員にもなれたことは、サラリーマンとしては破格の処遇であった。病気は仕事のうえでは決してハンディにはならなかった。もちろん、興銀という素晴らしい職場で、理解ある上司や同僚に恵まれたことが大きい。

興銀については、毎日新聞のコラム「余録」（九八年九月十八日）が、私と天谷直弘さんとの出会いに触れながら、こう評価してくれた。

「（天谷さんの）死後に出版された『生死流転』（ＰＨＰ研究所）の中に『築地魚河岸「雁の宿」』の一章がある。（中略）そこで二十歳も若い銀行マンと出会い『がんのプロ』と名付けた。その男は（中略）『ボヤなら火事もバケツ1杯の水で消える。がんもすぐ叩けば大騒ぎせずにすむ』と天谷さんを励ました。今五二歳で昨年取締役に。満身創痍だが『医学の進歩を信じあとは運命にまかせる』と営業の陣頭に立つ。病歴を承知のうえで能力を買い取締役に抜てきしたこの銀行の覚悟も立派なものだ。銀行の役員と言えばモラルハザード（倫理の欠如）の代名詞になってしまったが、この人事は救いだ」

いつしか私も五五歳を迎え、がんとの闘いにはひとまずピリオドが打たれた。もうしばらくは与えられた仕事を続けつつも、これまで多くの方を通して受け取った幸運や、稀有《けう》な体験をほかの人々、特に病気と闘っている人々に還元していくことを考えたいと思う。

がんと心臓バイパス手術で七度転んだ私だが、八度起き上がり、今も生きている。「七転び八起き」の言葉そのままの闘病だった。苦難を乗り越えたのは、私が特別だったからではない。人間なら誰でも、苦難を受け止め、立ち向かう力を本質的に備えている。それは自分で想像する以上のもので、いわば火事場のバカ力のようなものだ。

その力は、病気に対しては自らの病状をしっかり知り、必要な情報を手に入れることに向けられるべきであろう。そのうえで、しかるべき医師に相談することである。

医学は日進月歩であり、昔と違って今はあらゆる情報が出回っている。どんなに辛くても、きちんとした知識をもとに先生方にぶつかっていけば、必ず逃げずに対応していただけるはずである。それが結局、最終的に自分の心を落ち着けることにもなる。

何度も書いてきたが、がんは誰にも身近な病気である。読者の方々の周囲にも、数多くのがん患者が存在するに違いない。もし、この手記によってがん患者のイメージを少しでも改めてくださったとしたら、それは筆者としてはこの上もない喜びである。

巻末特別鼎談

垣添忠生
岸本葉子
関原健夫

垣添忠生

1941年生まれ。東京大学医学部卒業。同大学医学部泌尿器科文部教官助手をつとめながら、がんの基礎研究に携わる。'75年、国立がんセンター勤務。病院手術部長、病院長、中央病院長などを経て、2002年、国立がんセンター総長、2007年、同センター名誉総長となる。現在、日本対がん協会会長。近著に『巡礼日記　亡き妻と歩いた600キロ』(中央公論新社)。

岸本葉子

エッセイスト。1961年神奈川県生まれ。東京大学教養学部卒業後、日常生活や旅を題にエッセイを発表。2001年に虫垂がんを体験後、執筆活動のかたわら、日本対がん協会評議員等、医療と患者・市民をつなぐ活動にも携わる。がんに関する著書に『がんから始まる』『がんから５年』、精神腫瘍科の医師との共著『がんと心』(いずれも文春文庫) 等。その他『週末介護』『二人の親を見送って』等著書多数。
公式サイト http://kishimotoyoko.jp/

――まずは、お三方が知り合ったきっかけから教えていただけますでしょうか。関原さんの方からお願いします。

関原　垣添先生のことは、私が入院している時分より知っていました。一九八六年、〈国立がんセンター〉に初めて入院したときのことです。大腸がん患者の病棟は、泌尿器系がん患者の病棟と一緒でした。病室には毎日朝晩、主治医たちが回診にやって来ていて、自分の患者のところで体調を確かめ、ほんの少し話をしていくわけです。

私の主治医はもちろん大腸の外科医でしたが、同じ部屋の泌尿器の患者さんのところに、垣添先生が来られていたんですよ。当時は病室の空気も、よい意味でプライバシーが重視されておらず大らかでしたから、先生がほかの患者さんと話をしているのが聞こえてくるわけです。それで、垣添先生が病室で患者さんと話している会話が面白くて、つい聞き耳を立てていました。それであるとき看護師さんに、「あの泌尿器科の先生はどんな人ですか」と尋ねたら、「垣添先生といいます。あの先生は、これから偉くなる方ですよ」と教えてくれました。看護師さんはね、実によく知っているんです。「あの先生は手術がうまい」とか、「あの先生は女性に手が早いのよ」とかね（笑）。

そうやって、遠くからお目にかかってはいたのですが、初めて正式にお会いしたのは、二〇〇一年の日本がん学会総会の市民公開講座でした。そのパネラーのお一人として、垣添先生がいらっしゃっていた。その後、垣添先生が〈国立がんセンター〉総長を退任され、日本対がん協会の会長になられてからは今に至るまで、しょっちゅう仕事でご一緒しているわけです。

垣添　関原さんの明晰なご記憶の通りです。実は私の方も、ちゃんとお会いする前から、関原さんのことは知っておりました。築地の古い〈国立がんセンター〉、旧棟と呼ばれている建物の8B病棟がその、大腸と泌尿器科の患者さんが一緒に入院されていた建物だったんです。その病棟に、しょっちゅうネクタイを締めてスーツを着ては出勤のように出かけられて、夕方病室に帰ってくる面白い人がいると、医師の間でも噂になっていたのです。それが関原さんでした。印象の強い患者さんでしたよ。そして今は、日本対がん協会の活動で、関原さんには強烈にサポートしていただいています。

関原　岸本葉子さんとは、二〇〇三年頃だったでしょうか、がん患者サポートのNPO法人〈ジャパン・ウェルネス〉の設立者の故竹中文良先生（元日赤医療センター外科部長で大腸がん経験者）から、「四十代でがんになられた、なかなか知的な女性がいるので、一度会われませんか」と紹介していただいたのがきっかけです。それで岸本さんのプロフィールを拝見し、僕は大変興味が湧きました。東大を卒業して、保険会社に数年勤務したあと北京に留学、とあったので。天安門事件（一九八九年）前の北京に独りで留学するなんて、相当変わった、面白い女性だろうなあと。それで岸本さんの著書を読んだら、明るく、真面目な人柄が浮かび、面白い。エッセイスト自らのがん闘病記は、実にリアリティがありながら深刻さが感じられない。ルポライターではこんなふうに描けないですよ。これは相当レベルの高いがん患者だと解り、それからは時々お話をしたり、食事をご一緒したりしています。

岸本　「がん友」という言葉がありますが、関原さんとは、がんの経験者同士、不思議な共感があるのです。そして垣添先生とも——三人は年齢も性別も違いますし、社会的な立場も全く違いますけれど、それを越えて不思議な交流ができるのです。現在、三人とも揃うのは、日本対がん協会の活動と、そのほか、公的な仕事とは別に、〈がん友の会〉と称して、年に少なくても一回はお会いしています。もう十年以上の交友歴になりますが、この間の変化はいろいろありました。関原さんはメラノーマや心臓の疾患を経験されたり、垣添先生も、お連合い様のご病気や看取りがあったり、そして私は、おかげさまで再発がなく過ごしていますが、父親の介護と看取りがありまして、大げさに言えば生老病死に関わるライフイベントをそれぞれが経験してきているので、何となくお互いにわかり合いながら今に至るという感じです。

回復に導いた四つの要因

――では早速ですが、今、改めて垣添先生の目から見て、関原さんが、六回のがんを経験されたという治療の評価と、二〇一六年の今現在、お元気でおられる要因について、どのように評価されていますか。

垣添　関原さんのケースのように、進行したS状結腸がんが、繰り返し肝臓や肺に転移するのはよく知られた事実ですけれども、関原さんのがん自体の性質が、びまん性増殖をするがんで、肝臓や肺にいくつもの転移が起きていたなら、これは手術できないわけです。しかし、何カ所かの転移はあるけれども、周りを押しのけるようにして増殖する、専門用語で圧排性増殖（膨張性増殖）と言うタイプのものがあります（その反対は浸潤性増殖）。関原さんの転移の場合、圧排性増殖だったのだろうと思います。何度も転移をし、場合によっては何個かのがんを一緒に手術をしておられますが、それでうまく乗り越えられたのだろうと推測します。がん自体の性質が、通常のS状結腸がんよりもラッキーだったのではないかなと。

――その圧排性増殖の性質を持つがんというのは、割合としては、浸潤性増殖よりも低いのでしょうか。

垣添　低いと思いますね。多発性の転移で、しかも小さいのがあちこちにできたら、絶対に手術はできませんから。いいとこ、抗がん剤ということになりますね。関原さんの場合は、何回も転移が起きましたけれど、手術ができたわけです。その都度、関原さんはもう勘弁してよと、死を覚悟するまで追い詰められていますが、やはりその都度、手術しかないんだ、と立ち直って何度も向き合われた。がん自体の性質が幸運だったということに加えて、関原さんの精神力の強さが非常に大きく影響していると思います。今回、本書を読み直してみて改めてそう感じました。十六年にわたって、これだけの手術に耐えてこられた。それは並々ならぬ精神力だと思います。そして三番目の要因は、人間関係をすごく大切になさったことでしょう。奥様のことや、お父様のこと、それにたくさんの友人のことを心配されて、またその友人から助けられてもいます。

そしてもうひとつ大事な点は、これだけの厳しい闘病生活をしておられた方を、ずっとサポートし続けた興銀という職場の上司や同僚の皆さんの理解。現在のがん患者の就労問題の模範じゃないかと思うほど、見事な会社の対応だったと思います。まだ、がん患者の就労問題について誰も語っていない、一九八〇年代の出来事ですよ。先ほども申し上げたように、スーツにネクタイで病院に帰って来られる患者さんなんて、当時はほかに誰も見当たりませんでしたから。この四つの要因が重なって、関原さんはこの病気を克服されたんじゃないかなと思います。

――岸本さんは、大腸がんの中でも非常に希少がんである虫垂がんをご経験されていますが、同じがん経験者として、関原さんのがんへの向き合い方をどのように感じますか。

岸本　私は二〇〇一年にがんになりました。そのときに、関原さんのご本を拝読したのですが、非常にインパクトがありました。その理由は、大きく分けて三つあるのですが、まず、闘病記を書いた人が生きているということ。そして再発を経験されていること。そして働き盛りのがんであったということです。

それぞれについて付け加えますと、二〇〇一年当時は総合雑誌でも、がんの特集というと、故人がいかに生を全うしたかというような、亡くなるまでの日々をまとめた記事が多かったのです。そうした記事は、がんになって治療を受けたばかりの自分にとっては、必ずしも勇気づけてくれるものにはなりませんでした。

自分ががんになる前は、いい記事だなと思っていたのですが、実際に治療を受けたばかりで、これから長い、がん後の人生に立ち向かっていくうえでは、結局みんな死んでしまうのね、というような辛い感覚がありました。だけど関原さんは、闘病を体験してなお生きている。

当時はそこにインパクトがありました。

それから、再発というのは、治療を受けたばかりの自分にとっては最も恐れるものでした。それで、実際に再発を体験している人が、どのように乗り越えたのかを知りたいと切に思いました。

三つ目の、働き盛りのがんというのは、まさしく私も関原さんとほぼ同じ年齢（四十歳）でがんになり、働くことと闘病の両立というのが、大きな課題だったのです。それを実際に両立させている人が――しかも著名人ではなく、一企業人であり、給与生活者、被雇用者が両立なさっているということが、非常にインパクトがありました。

もちろん、当時と今では、状況が変わっていることもあります。患者を取り巻く環境も大きく変わったし、治療法も大きく変わりました。しかし、今申し上げた三点について、とりわけ後半二点のインパクトを考えると、今この時代でも、復刻出版する意味が充分あると思います。

また、この本の読者の方には、関原さんの弱い部分も読んでほしいと思うのです。今振り返ると、六回の手術に耐えてきたと総括できますが、最初から六回で終わるとわかっていたわけではありません。いつまで続くのかわからないという、エンドポイントが見えない関原さんの当時の気持ちを想像して読んでほしいのです。中でも、再発告知を受けたときの衝撃とか、もう闘わずに死にたいと思ったこともあるとか、あるいは、同世代の人から何となく隔絶されたような疎外感を感じた場面、たとえば若い部下に再発で入院しますと言ってもわからないだろうから言わなかったとか、若年でがんを経験すると誰もが感じる疎外感や、孤独感を率直に書いておられます。公の場面で発言している患者さんがいると、たいがい、強いですねとか前向きですねで終わってしまいがちですが、それよりも関原さんの苦闘している必死な姿を見てほしいと思います。ご経歴で言えば、たいへん優秀な方で、アメリカで治療を受けたとか、政府系の銀行に勤めていたとか、そういう意味で自分とは違う立場のがん患者なのだ、と思われる読者も人によってはいるかもしれませんが、そう感じてしまうのは、この本のメッセージを受け取るチャンスを逃してしまうことになります。ぜひ、生身の、裸のがん患者の姿として、読んでほしいのです。

――関原さん、今のお二人のコメントを聞いたうえで、今、ご自身の闘病を振り返ってみて、いかがですか。

関原　まず、よくここまで生き延びたなあという想いです。
この闘病記は、五五歳のとき（二〇〇一年）に書きました。当時のサラリーマンの定年は五五歳でしたから、まさか、自分が定年を無事迎えられるなどとは、夢にも思ってなかったので、その記念に本を書きました。

あれからまた十五年が経ち、その間、心臓を患ったり、命が危ぶまれることは何度かあったりしたのですが、還暦を越え、さらに古希を迎えたということが、自分では信じられないというのが率直な気持ちです。なぜ治療がうまくいったのかは、垣添先生のお話しの通り、運が良かったとしか言いようがないと思います。すべての幸運です。がんの性質がいいし、転移した場所も、そして早い段階で発見され、卓越した外科医たちによる手術が受けられたことも良かったわけです。

それから、主治医との良き信頼関係が築けたことも挙げられます。度重なる手術になると、もういいやという投げやりな気持ちになることも度々ありました。しかし、信頼するドクターから、「今度はこういう手術でがんを切除しますから大丈夫ですよ」と言われると、これまでもこのドクターの言うことを聞いてうまくいったのだから、この人が勧めるのなら、今度も受けようという気持ちになりました。投げやりになって、治療をやめたところでオルタナティブ（代替の治療）があるのかと言えば、ないのです。自分ががんになってから、多くのがん患者に出会いましたが、転移・再発して、手術ができずに亡くなった患者も少なくなかったのです。血液系のがん以外で手術を受けずに、薬でがんが治ったという人の話はほとんどありませんでした。

だから、主治医が手術できると言うことであれば、ひとまず切り抜けられるだろうと。そういう境地で先生方を信頼して、乗り越えてこられた。それは非常に大きかったです。加えて、家族や友人、知人たちに助けてもらえたことも大きいですね。当時は、インターネットは無論、書籍や雑誌などほとんどなく、治療情報の収集は大変でしたが、彼らがまた病院や先生方の紹介、新しい治療情報を届けてくれました。みんな良き友人や仲間がやってくれたのです。

さらに垣添先生も強調されたように、職場環境も良かったですね。上司や同僚たちは健常者と分け隔てなく接してくれ、仕事も与えてくれました。行外には「彼は今、海外出張に出かけています」と言ってくれ、取引先の誰にも気づかれませんでした。理解があったのはとてもありがたかったです。

岸本　関原さんが恵まれたとおっしゃっている環境は、ご自身で作り上げた部分がとても大きいと思うのです。たとえば、職場の人が普通に接してくれたのも、関原さんが治療のために休むけれど、職場にいるときは再発に脅えるそぶりを見せないで全力で働いていたのでしょう。そういう姿が、上司に印象づけられているからだと思うのです。ご友人が助けてくれたのも、関原さんがご自分の病気のことで一杯一杯なはずなのに、友人を救うために奔走された、そうした思いやりの行動が、結果的に良い環境をもたらしたことが、本から伝わってきます。

関原　本書に登場する千葉敦子さんは、女性一人でニューヨークに暮らしていました。日本で乳がんの再々発の告知を受けてから、乳がんの症例が圧倒的に多いアメリカの最新医療を求めて渡米したのです。アメリカに親族がいるわけでもなく、周囲の友人・知人の助けを借りて、抗がん剤の治療を続けてアメリカで亡くなりました。抗がん剤の強烈な副作用に苦しむ闘病の中で、何回もアメリカの大腸がんの新しい治療に関する記事や資料を送ってくれました。あるときそこに小さなメモがあり「関原さん、日本には、自分のことで精一杯という人があまりにも多過ぎます。人のために少しでも役に立つことをするのが人間の証です」と記されていました。千葉敦子さんは、そういう人でした。

垣添　人を大切にされる方に運がちゃんと戻ってくるのだと思いますよ。

三十年前と今のがん治療、何がどう変わったか？

――関原さんは最初のアメリカでの告知、手術からほぼ三十年が経過したわけですが、今、この二〇一六年に関原さんと同じ状態のS字結腸がんが見つかった場合、当時の治療とは何が違って、あるいは何が同じなのでしょうか。

垣添　日本対がん協会会長という立場で言いますと、今はがん検診を一生懸命勧めていますから、まず検診を受けていれば、もっと早期に発見できただろうと思います。しかしそれを抜きにして、デュークスCのかなり進行したがん、リンパ節の転移が十三分の七という状況で今、見つかったとしても、開腹手術ではなく、腹腔鏡手術でやれるかもしれません。腹腔鏡でキズを小さくして、開腹手術と同じだけの効果が上がるという大量の臨床データが上がっています。そして、アメリカで行う手術よりも、日本国内で行う手術ならば、リンパ郭清のための切除範囲を広げて、かなり緻密な手術がされたと思います。

それから、病理検査の結果、デュークスCでリンパ節の群発転移があるとわかれば、術後補助化学療法を行います。現段階ですと、オキサリプラチン（プラチナ製剤、商品名エルプラット）とか、薬の頭文字を使って4療法と言いますが、この治療でうまくすると微小の転移を抑えられて、何度も手術しなくても済んだかもしれません。そのあたりがこの三十年の進歩ではないでしょうか。

また、病理標本の一部を遺伝子解析して、どういう性質のがんなのかも、当時よりも遥かに精密に分析できるようになりました。そうした情報もおそらく治療に生かせるのではないかと思います。

関原さんは二回の肝転移、三回の肺転移を、手術だけで乗り越えられました。当時、肝がんの手術は国立がんセンターで始まったばかりでしたが、今ではがん拠点病院であれば概ね受けられます。また開腹せずにラジオ波を使った低侵襲治療もかなり普及しています。肺がんは胸腔鏡で切除できるようになるなど、外科手術の進歩も顕著です。

――そこに放射線治療も加わって、いわゆる三大療法のうちの、手術以外の二つの部分が格段に進歩した三十年だと思うのですが、がん対策の部分で言うと、日本はこれまで長年、手術が主流できたので、患者や家族の立場としては、手術ができなくて放射線や抗がん剤で治療しましょう、と言われると、あ、もう助からないのかなと勝手に思ってしまう場合も未だにあると感じます。

垣添　放射線治療というのは、手術療法とならぶ局所療法です。局所治療である放射線治療は、ここ三十年でものすごく進歩しました。線量集中性が高くてがん細胞を殺す力の強い放射線の浴びせ方、陽子線治療とか、重粒子線治療などの特殊な治療方法も出てきました。問題は、非常にお金がかかるということです。それから、化学療法も新しい薬がたくさん出てきました。先ほど申し上げた遺伝子解析の結果を生かして、分子標的薬が登場してきました。こちらも、医療費がかなり高いという問題が付随していますが。

私は、やはりがんは、できれば手術で取るというのが、現在においてもひとつの鉄則だと思います。放射線治療の進歩によって、部位によっては手術しないで治すようなことも一部可能にはなってきましたが、基本はやはり手術だと思います。抗がん剤と手術の併用という治療が主になっていますね。ただし、放射線治療医、抗がん剤治療の専門医の数が少なくて、均てん化ができない、全国に専門医を配置できないという状態がしばらく続いているのも事実です。ようやく最近になって、化学療法は専門医が増えてきましたが。

――臨床試験が本格的に始まるのではないかと期待されている免疫療法や、p53などのがん抑制遺伝子を用いた遺伝子治療にも注目が集まっています。この二つについては、どのように評価されていますか。

垣添　免疫療法に関しては、ずいぶん昔から第四の治療法と言われていましたが、なかなか進歩しませんでした。しかし最近は免疫チェックポイント阻害剤と呼ばれる新しい薬が続々登場しています。CTLA-4（細胞傷害性Tリンパ球抗原4）の阻害剤のイピリムバムとか、あるいはオプジーボ（一般名ニボルバム）などです。メラノーマ（悪性黒色腫）の患者さんや一部の肺がん患者さんなどには非常に効果があるというデータが出ています。免疫療法に、ようやくサイエンスの力で出てきたと考えます。問題は、この薬の値段がものすごく高いこと。たとえばオプジーボの場合、一人の肺がん患者さんに一回治療するのに大体一三〇万円くらいかかるのです（体重六〇kgで一回一八〇mg投与の場合）。しかもこれは、治る薬ではないのです。延命のために何回も打っていかないとならないものですから、一年間投与したとき、場合によっては三五〇〇万円くらいかかります。肺がんの患者さんは、メラノーマに比べたら患者数がずっと多いので、多くの患者さんが今後オプジーボを希望すると、世界に誇れるわが国の国民皆保険制度が崩壊するのではないかという心配が出てくるわけです。
つまり、学問としては、そして製薬としてはここ三十年で大きな進歩がありましたが、新しい社会問題が起きてきました。アメリカほどお金がある国でも、この問題にはまだ結論は出ていません。わが国もこれから考えに考え抜かねばならない問題だと思います。

――関原さんは、長く中医協（中央社会保険医療協議会）で公益委員をされましたね。そして、新たに設けられた費用対効果評価専門部会の部会長でもおられましたが、この問題についてはどういう考えをお持ちですか。

オプジーボに見る医療と経済の新たな問題

関原　垣添先生がおっしゃるように、オプジーボは当初、メラノーマの薬として承認されました（二〇一四年）。メラノーマの適用対象患者は年間最大で四～五百人を前提に薬価が計算され、一〇〇mgあたり七三万円という価格が決まったようです。ところが肺がんとなると、わが国では年に七万人余りの人が亡くなっているわけです。そのうちの七～八割が、今回オプジーボが保険適用になった非小細胞がんなので（二〇一五年末）、約六万人の肺がん患者に使用されるとすれば、保険負担は年間約一・八兆円と試算されます。

――肺がん患者さんだけでオプジーボに二兆円近いのですか。日本の医療費は現在四〇兆円で、内、七兆円が薬剤調整医療費ですよね？

関原　もしもメラノーマよりも先に肺がんでオプジーボが承認されていたら、先の計算根拠も変わりますから、薬価が相当下げられた可能性もあります。今後、腎臓がんなどほかのがんにも適用拡大される可能性もあり、この薬価は再来年の薬価改定前に下げられるでしょう。

――ただし、肺がんの場合、ファーストライン（一次治療）ではなく、セカンドライン（二次治療）からの使用が承認されたわけですよね。効果があるとわかっているものを、ファーストラインでは使えないということについて、素朴な疑問が湧くのですが。

関原　それは、ファーストラインから患者さんが使えるようになったら、一兆何千億という負担になるわけですから、もう少し使用できる患者を絞ることを考えざるを得ないでしょう。今後オプジーボ以外に超高額な新薬が次々に開発されることは間違いなく、この問題はオプジーボだけの話ではないのです。医療技術の進歩と裏腹の深刻な問題です。

垣添　それに、今のところ、肺がんでオプジーボの効果がある人は五人に一人と言われています。対象が六万人いるうちで、本当に効果がある人は一万二千人となれば、使用する人をあらかじめ選別する技術は必須になってきます。その選別の方法を、今、世界中の研究者が死に物狂いで研究しているのです。事前に、この薬が効く人を絞り込んで、薬価を合理的にしていけば、何とか医療経済は持ちこたえられるかもしれません。オプジーボだけではなく、同様の問題を抱えた新しい薬が次々と控えています。これを単に経済的な議論とするだけでなく、国民一人ひとりが、自分の問題として深く考えていただきたいですね。

――がん医療と経済に関しては、もっと国民的議論が必要だと思うのですが、今後、どのような政策が必要と考えますか。

関原　一言で言えば、このままいけばわが国の財政は維持できない、特に医療費圧縮は不可避ですと、国民に向けて説明していかないと。国民の負担はなしにあれをやります、これもやりますという優しい政治が続くと、どこかで破綻するでしょう。医療費は歯止めがありませんから、負担を増やさない限りは、どこかで給付を制約しないといけません。

垣添　まったくその通りです。そうしないと、この国は破滅ですよ。たとえばイギリスでは、医学論文上は新しい治療が、古い治療に対して効果があったとしても、もしも二カ月の延命のために年に数百万も使うような治療法だとしたら、保険診療としては認めないという明確な判断をしています。日本でもそうした冷静な判断基準が必要だと私は思います。今、後期高齢者（七五歳以上）のがん患者がものすごく増えています。非小細胞肺がんの後期高齢者も当然増えていきます。そうした人を、一年延命させるために三五〇〇万円使ってもいいのか、という現状があります。こうした議論は絶対に避けて通れないのです。

関原　年齢による高額治療の在り方の議論は当然ですが、その前に全国民に係るフリーアクセスや薬価制度、高額療養費制度や高齢者の自己負担の見直しなどの医療費圧縮策の議論なしに高齢者医療だけを進めると、袋叩きにあうのではと危惧します。

認知症の人ががんになったら……

――年代別の人口比から考えて、現在、シルバー民主主義みたいな言われ方をする部分がありま す。いわゆる老人保守ですよね。一方で、今後は認知症のような症状を持つ方でがんになる人も増えていくと考えられるわけです。

垣添　決して、年齢だけで考えるべき問題ではないのです。同じ年齢でも、元気な高齢者もいれば、そうでない人もいます。患者一人ひとりの健康状態と、治療方法を鑑みて、ＱＯＬ（クオリティ・オブ・ライフ／生活の質）の向上に繋がるような治療でないといけません。高齢者に無理に治療した結果として、認知症が悪化するようならば、やらない方がいいわけです。そのあたりの個別の判断がとても大切だと考えます。二〇二五年には、認知症になる人が七〇〇万人、実に六十五歳以上の五人に一人が罹患すると予想されていますから、認知症の人ががんになった場合、どう対処していくかは避けて通れない問題です。ただ、認知症という病気は、診断される一〇年から十五年前から兆候があることがわかってきましたから、今後注力すべきは、認知症の予防だと思います。発症を一〇年先延ばしにできたら、保険診療上も、国民皆保険上も、大きなメリットになります。予防に力を入れることで、この問題を切り抜けるしかありません。

――一方で、介護の面から言うと、要介護度の軽い人から介護保険から外して、地域包括ケアという名のもとで、地域の事業にしようとしています。これは逆行ではないかという意見もありますが。

関原　医療の話は、日本の社会構造そのものに係る話です。高齢化社会の中で、がんの問題が非常に大きな部分を占めますが、日本の良き家族制度や社会制度がかなり変質し、単身者、独居者、老夫婦のみの世帯数が猛烈に増えていることも考えねばなりません。たとえば、岸本さんのような親孝行な子供たちが居て、親の介護をしっかりやって、看取ってくれるような家族状況が、考えらない社会になってきました。そうした新しい社会の形を前提とした支え合いというか、そうした新たな社会をどうやって作るか。地域包括ケアというのは、言葉としては何となくわかりますが、具体的イメージがなかなか湧いてきませんね。

岸本　私が看取った父は、認知症の診断は受けてなかったのですが、症状からして認知症に罹っていたと思います。がんは見つからなかったので、今議題に上がった認知症でがん患者というのには当てはまらないのですが、お二方のお話を聞いていて、いろいろ感じるところがありました。

まず、認知症の問題の前に、高齢者の医療に関しては、年齢だけでは切れないというのは完全に同意です。その治療の延命効果の長さよりも、その治療を受けた後、ＱＯＬの向上に繋がるのかどうかが重要で、それを思うと、より細かなインフォームドコンセントが求められるのではないかと。医療者は、高齢者の患者とその家族に対し、この治療がありますと、こっちもありますと並列的に治療法を並べて説明するのではなく、全年齢を対象にすればこの治療とこの治療を並列的に説明できるけれども、あなたのお父さんの年齢で、今の身体状況だと、これは治療の後にＱＯＬの低下の可能性が高くなりますよ、とか、個別性に基づいたインフォームドコンセントですね。

今までのがん患者支援のモデルというのは、本人が意思決定をし得る、それをいかに支援していくかという観点で語られていました。それを、医療コーディネーターのような仕事をする人が、情報を整理して、患者の話を聞いて、意思決定の支援をしましょうというモデルが主体です。しかし、患者の高齢化、とりわけ認知症の増化に伴って、そのモデルでは必ずしもうまくいかないケースが多くなってきているのではないでしょうか。

垣添先生がおっしゃったように、認知症の予防、早期発見というのは非常に大事で、がんの早期発見や一次予防、二次予防については日本対がん協会の方々の努力もあって、かなり進んできました。一方、がん対策と同じくらい、認知症の検診にいきましょうとか、認知症の予防はこういう方法があると語られているかと言えば、そうではないですよね。がん検診に比べて、認知症の検診の機会はなかなか無くて、親をどう説得して、どこへ連れて行けばいいのかを話し合っているような段階です。自治体からの情報や機会の提供もあまり見当たりません。しかし、認知症の発症率とか発症した場合の社会的コストを考えると、これはがん対策と同じくらいに進めていかなくてはいけないことだなと思っています。

また、地域包括ケアに関しては、私の父のときも、医療から介護への橋渡し、地域に戻るときにケアマネージャーさんが来てくれるのですが、その情報の流れというのかな、もともと入院していた病院から地域のクリニックに持って行く診療情報は封を糊付けされたままで渡され、家族や本人には見えないようになっています。ネットワークの中心人物、本人と家族が一番肝心な情報を読めなくて、どうやって情報を共有するの？　と本当にもどかしく感じました。地域包括ケアのネットワーク自体は出来ているのに、その情報の流れは、どこまで実態に即しているのかなと。

垣添　私が現職で患者さんを診ていた頃はね、紹介状を書くときには、決して封はしなかったです。どうぞご覧くださいと。自由に患者さんの家族にも見てもらえるように。

――そもそも、なぜ病院の紹介状に封をするようになったのでしょうか。

垣添　守秘義務のようなものでしょうか。そういう思い込みがあるのでしょう。

関原　日本では九〇年代中ごろまでインフォームドコンセントが定着していなかったから、患者にはがん告知や詳しい説明は行われず、医者同士だけで患者情報を共有していたため、封がしてあったのだと思います。今は患者に対する説明と同意が治療の大前提になっていますから、必ずしも封をすることはないはずです。封がしてあっても、中身を見たいと言えば、医者は拒否できないと思います。

終末期における延命治療について

関原　高齢者問題について、認知症の話ももちろん大切ですが、今後更に問題になるのは、胃瘻とか人工呼吸器をいつまで続けるべきなのか、尊厳死や終末期医療の在り方だと思うのです。身体的な不具合が増えてきて、本人の意思も判らないまま、医療の進歩によって、長く生きてしまう場合がたくさんあります。その期間の治療をどう考えればいいのか。私は、国民年金の給付が始まる六五歳になった時点で、年金手帳に意思表示のシール、たとえば入院したら人工呼吸器はしないとか胃瘻は拒否するとか、がんの治療はＱＯＬ最優先とか終末期医療における意思表示を予めしたらいいと思うのです。

――マイナンバーカードにつけるとか。

関原　マイナンバーの普及には時間を要します。年金手帳は、受給のために手元にありますから。

何が不要な治療か、高齢者が望まない治療かは、今後議論していかないといけません。

岸本　無駄な延命治療をしたいですか？　と訊かれて、したいですと答える人はいないでしょうが、「無駄な」というのが具体的に何を指すのかのイメージがないと、選択ができません。

垣添　「胃瘻しますか、しませんか」って訊かれたら、大概の患者さんは「します」と言うでしょう。でも、先ほど岸本さんがおっしゃったように、インフォームドコンセントで、AとBとCの治療があるけど、お父さんの場合は、Cはお勧めしません、といったような伝え方を、最近はどの病院もしていると思います。だけど、患者さん本人も家族も、なかなか決められないのです。細かな情報提供は確かに大事だけれど、最終的に決められないのだとしたら、やはり医師は、ある程度、「私がもし、あなたならどうするか」という話をして、ちょっと背中を押してあげる必要もあると思うのです。特に前立腺がんのように、高齢になっても治療手段がたくさんあるときに、治療方法を決めきれなくて、セカンドオピニオンやサードオピニオンを求めて病院をぐるぐる回っている患者さんもいます。単に方法を提示するだけでは済まないんですよ。

岸本　私は父親を五年間、在宅介護していました。最期は具合が悪くなって、地域の一般病院に急遠運んだのですが、そこでの担当医の説明の仕方は教科書的な、中立なインフォームドコンセントではないかもしれませんが、私はとても感謝しています。九十歳の父はそれまでも次第に食事が摂れなくなって痩せて、血圧も低くなっていたのですが、その先生が言ったのが、「太い管を挿れて、呼吸を確保するという方法もあるけれど、それをすると、お話もできなくなるし、お父さんも喉が苦しいから、そこまでしなくてもいいよね……?」「体に管を通して栄養を挿れていく方法もあるけど、それをすると、お父さんは今よりは太れるけれど、ベッドから起きてお散歩もできなくなるから、そこまでしなくてもいいよね……?」といったふうに、具体的にイメージをさせてくれたのです。当時は、姉も私も、そこまで事態が急展開するとは思っておらず、何の心構えもできていませんでしたが、あとになって思えば、その先生が方向性を示してくれたのだと感謝してもしきれないです。だからと言って、全部をパターナリズム(医療父権主義)に戻りましょうと言いたいわけではないですが、本人や家族の意思決定がかなり難しい状況では、それがサポーティブだとは思いました。

関原　私は家内に書いて渡しています。こうなった場合は延命医療はいらないと、具体的なリビングウィルをね。

垣添　私自身は、食べられなくなったらそれがもう、寿命の終わりだと思っています。だから、胃瘻はもちろんつけません。飲み食いしなければ、人間はだいたい一〇日くらいで死にます。そうすると、枯れ木が倒れるように静かに死ねます。私はそうやって死ぬつもりなんです。だから私も、関原さんのようにそろそろ意思表示をしなければなりませんね。高齢単独所帯で生きていますからね。

――少々乱暴な質問ですが、垣添先生は、どんなふうに死にたいですか。

垣添　私は、一人で生きていくために、毎日筋トレとストレッチを一時間くらいやってね、それから山歩きをしたりしています。だから、メタボ（メタボリックシンドローム：代謝症候群）もロコモ（ロコモティブシンドローム：運動器症候群）の兆候もないですし、二、三年に一度、築地のがんセンターのがん予防検診研究センターで精密ながん検診を受けていますから、男性がなりやすい大腸がんとか肺がん、胃がんはなったとしても、早期発見ができるのです。ですから、私が死ぬときは、可能性から言ったら……珍しいがんになって死ぬんじゃないかと考えています。立場上、治る可能性があるうちは頑張りますけどね。どうしても難しいとなったら、すべての治療をやめて家に帰って、在宅診療をしてくれるお医者さんとか看護師さんや介護士さんとの連携をお願いしたいですね。でも、家で、誰に看取られなくて死んでも、全然後悔はないですよ。

関原　そういうふうな最期になれればいいですけどね、もし今ここで脳卒中を発症して、バターンと倒れたら、直ちに救急車で運ばれて、点滴とか、人工呼吸とかをやらざるを得ないですからね。垣添先生でも同じでしょう。どんな最期を迎えたいか、がんであまり痛みがなくて逝くか……、十年前の急性心筋梗塞を思い出すと心臓も悪くはないですね、今、右の冠動脈が完全に詰まっていますが、体に過度の負荷をかけなければ、こうして何とか普通に生活できます。最後は心不全になるかもわかりませんが。

岸本　私も、エンディングノートみたいなものは書いてあるけど、自宅にあるから、外出中に倒れたら有無を言わさずに管がつきますね。やはりカードにして持ち歩かないとダメですね。

関原　私は、心臓を患って以来、いつも病気のデータを持ち歩いています。血液のデータと、十四種の服薬一覧、冠動脈造影と頸動脈のエコー写真です。

垣添　関原さんは、がんと心臓のプロですからね。

がんサバイバーへの支援、共助の世界

――今、がんのプロ、という言葉が出ましたが、「がんサバイバー」という言葉の定義もいろいろ言われています。がんサバイバーの支援については、どんなお考えをお持ちですか。

垣添　日本対がん協会の中に、〈がんサバイバーズクラブ〉というものを作ろうという話があります。患者さんや家族、がん経験者への支援がいちばんの目的です。がんの患者さんというのは、いつも孤独感や疎外感に苦しんでおられます。ですから、最新のがん情報を提供するのと、がんサバイバー同士の交流を図っていくことで、治療の受け方や、治療後の生活へのヒントなども得られる場所になるだろうと。現在治療中の患者さん、あるいはもう治療を終わって、自分がかつて支援を受けたことに対して、今度は社会貢献をしたいと考えている方に、会員になっていただきたいのです。日本対がん協会の認知度が高まっていくうえでも、患者支援のためにも、〈がんサバイバーズクラブ〉の設立は、非常に大きな意味があるでしょう。困難ではあるけれども、今後是非ともやりたいと思って、今、準備を進めているところです。経済的な問題も含め、今、日本は分水嶺に差し掛かっています。こっちに行けば共助、お互いに助け合う世界が開けるわけです。

――先ほど関原さんが、「日本は、自分のことで精一杯という人があまりにも多過ぎる」という千葉敦子さんの言葉を紹介されましたが、つまり欧米には、がんサバイバーの共助の仕組みがあるということですか。

関原　歴史・宗教・文化・多民族社会などを背景に、西洋社会の中にはボランティア活動や寄付文化が根づいています。日本の場合は、極端な不平等や貧富の格差も小さく、社会保障や福祉は国がやるべきとの意識も強いようですが、近年格差が広がって大きな社会問題になってきました。とは言え、欧米のように恵まれた人たちが、たとえば定期的にまとまった額の寄付を続けるとか、遺産の一部を寄付しましょうという動きはあまり聞きません。せいぜい被災地支援やユニセフへの募金活動くらいで。

――医療の恩恵を受けて、がんが完治した人が、その恩返しをしていこうという気持ちが少ないということでしょうか。

関原　気持ちはあるのですが、国民皆保険が当たり前の日本では、医療の恩恵は誰でも受けられるもの、つまり、国民の権利だとの意識が強くて、寄付に繋がっていないのではと思います。

垣添　アメリカの対がん協会は、さまざまな活動を通して、企業からの献金のほかに、個人から少しずつ寄付を募って、年間一千億円の寄付を集めています。

関原　アメリカ対がん協会には、三〇〇万人のボランティアがいますからね。

――年間一千億円の寄付金と、三〇〇万人のボランティアですか！

垣添　一方、わが国の寄付は、私たちが一生懸命頑張って、今ようやくその0・3％くらいでしょうか。人口比を考えても、1％未満ですよ。あまりにもかけ離れた数字です。日本は、江戸時代から明治を経て、国が何とかしてくれるとずっと思ってきました。しかしもはや、お国の体力がないのです。だとしたら、自分たちで、お互いを助け合うという共助の仕組みが絶対に必要となってきます。この分水嶺を乗り越えられなかったら、この国はもうおしまいだと私は思っています。

岸本　患者さん一人ひとりの中には、そうした心の性質はあると思うんです。がんを経験すると、他者を助けようとする、愛他精神が生まれると、がんと心を専門に研究している精神科医に聞きました。それはありながらも、現状として多いのは、がんの部位別の患者組織であって、なかなか横断的になりません。がんの部位ごとに、当然患者さんの悩みも違ってくるので、なかなかひとつにまとまりづらいのかもしれませんね。だから、横断的な活動をしているところは少なく、小さい組織がそれぞれ活動しているというのが現状だと思います。もちろん、そうした難しさを乗り越える希望は持てます。例を挙げると、私が、二〇〇五年くらいにお手伝いをしていたＮＨＫの〈がんサポートキャンペーン〉は、番組の人がホームページを作っていて、がん種を問わずさまざまな患者・家族、ひっくるめて言えばサバイバーが声を寄せていました。たとえば、ある患者さんの家族が、再発のことを本人に言えずに悩んでいます、とホームページに投稿すると、まったく別の地域の人から、がん種は違っても、自分の場合はこうしてきましたよ、こうしたらどうですか、というような投稿が来て、支え合いの仕組みとしてうまく機能していたのです。もちろん、事務局がしっかり監修をしていたのだと思いますが、何かそういった形で、ネット上の情報交換や助け合いができてくればいいなと思っています。

一方で、がんサバイバーとしての共助の姿勢とは別に、社会の中でのがんサバイバーの支援というのがありまして。がんサバイバーの就労問題についても、取り上げていきたいところです。

がんと就労問題

関原　今の日本は完全雇用・人手不足の状態ですが、実態は深刻だと思います。多くの企業は正規雇用を減らし、非正規の割合は四割にも達しています。健康な人ですら減らしたいと思っているわけで、人手不足は、ほとんどが低賃金のサービス業で非正規の雇用です。今後十数年で、ＩＴやＡＩ、ロボットに取って代わられて、今の仕事の半分がなくなるという予測もあります。この環境下でがん患者と就労問題は難題です。

がん患者の雇用の継続や活用は企業の社会的責任でもあり、企業にがん患者の雇用促進を働き掛けることは極めて重要ですが、それを就労の政策の柱にするには限界があります。今後の日本社会では、働く人一人ひとりの汎用的な能力やスキルがないと、希望の職に就くのが難しくなります。これはがん患者だけの話ではなくて、日本の雇用・社会全体の仕組みの話に帰着します。ドイツでやっているような専門教育、再教育を制度化し、雇用の流動化も必要でしょう。パソコンや英会話教室に通うという話ではなく、半年とか一年をかけて、新しい仕事に就けるだけのスキルを体得できる場を作らない限り、解決策に繋がらないと思います。

垣添　ＡＩの進歩というのは恐ろしいですよ。ある分野では人が要らなくなってくる。

関原　何も患者の問題だけではないのです。お医者さんだって、大学の研究者だって、どんどんポストがなくなっていくわけですから。手術もロボットができるし、画像診断もＡＩが解析して、がんも見つけられる時代になると言われているわけですからね。本当に大変なことですよ。

メディアがミスリードする医療情報

垣添　日本を含めて、世界のがん対策というのは、「予防」「検診・早期発見」「診療」「緩和ケア」の四つの柱になっています。一般の人から見たら、がん診療の技術が進歩するというのはとても良いことですが、先ほど議論になったように、進歩の多くは、異常とも言えるほど高額な医療費を伴う進歩です。日本の体力、国力が落ちてきているような、こうした状況では、「予防・検診」に力を入れるのが、一番効率的だと思います。これからは、個人一人ひとりが、自分の健康、自分の未来は自分で守るという姿勢を取らないといけません。

――一方で、「予防・検診」の啓蒙に関しては、メディアのミスリードも懸念されます。たとえば、先日もある有名人の妻が三十代で乳がんになったということで、テレビも雑誌も、個人のプライバシーに踏み入るほどに大々的に報じましたね。そこでは、二十代でも三十代でもマンモグラフィーは受けるべきだと視聴者が捉えかねない報道も散見されました。その影響で乳腺外来の予約電話がパンクした病院もあるようです。実際は、マンモグラフィーは、二十代、三十代には不利益の方が多いため、推奨されていない検診です。有名人、芸能人のがんのカミングアウトが増えるとともに、このような誤った情報が広まることが心配です。

垣添　メディアの責任は大いにありますよ。もっと勉強して、正しい情報を報道してもらわないと。専門でもない医者が、売名のチャンス到来とばかりにメディアで解説しているのも問題です。

——さらに最近は、週刊誌が派手に医療否定キャンペーンをやり、検診が無駄だという記事も見受けられます。

垣添　がんに関して言えば、予防と検診が、一番少ないお金で日本人全体を救うもっとも効率的な方法です。進行がんになってから治すのは、本当に大変なのですから。それでも、日本人はどこかで、がんは他人事だと思っているんですよ。二人に一人ががんになると言われている時代に、がんと診断されただけで、頭が真っ白になったと言う人が依然としています。なんで普段から考えていないのか。自分はいつまでも生きているという感覚を捨てないといけないですよ。命には限りがあるんだと。それには、普段から、がんのことだけではなく、死についてもちゃんと議論しないといけません、本当は小学生くらいから、命についてきちんと教えるべきなのです。

岸本　私自身、なかなかそういう検診では見つからない稀ながんになって、幸いにも助かった者としては、検診で見つかるがんで命を落とすのは、すごく勿体無いことだと思います。

関原　国のがん検診受診は当然として、各人の喫煙や食生活、両親や親族のがん病歴等を考えて、検診にプライオリティをつけて受診する必要がありますね。

垣添　わが国では、現在、五つのがん検診を国策としてやっています。これまでの研究によって、胃がん、肺がん、乳がん、子宮頸がん、大腸がんの五つは、それぞれ特定の方法で検診を受けることで早期発見でき、さらに治療を行うことで死亡率が低下することが科学的に証明されています。アメリカでの検診受診率は八割近いのに比べ、日本ではまだ四割にとどまっています。そしてわが国では、一年に三七万人（二〇一五年度）の人ががんで亡くなっています。検診率を高めれば、がんで亡くなる人は減りますよ。

――最後にお一人ずつ、読者の方へメッセージをお願いします。

垣添　繰り返しになりますが、自分の健康は自分で守るという意識をしっかりと持ってください。予防と検診の大切さをしっかりと頭に入れてほしいのです。私は二つのがんを経験しましたけどね、どちらも早期発見であっという間に何の動揺もなく治療しました。がんという病気は、一生付き合うような糖尿病とか高血圧とかに比べたら、早く見つけて適切に対処すれば楽な病気とも言えます。関原さんのように進行がんで見つかっても、闘い抜いて、元気になられた方もいます。どういう状況に置かれても努力は必要ですけど、早く見つければ、それだけ楽に済むのです。

岸本　私は、がんになる前は、自分が生きていることが当たり前としたうえで、悩みや不安があったのですが、がんになってからは、生きて今日の日を迎えているとか、ましてや老後を迎えるということが当たり前ではないんだなということに気づきました。また、最初のお話と重複しますが、がん患者をめぐる環境や治療法は変化しているけれど、変化してない部分があるということ。たとえば、がんになった人の心とか、周りの人とどう関係を構築して、社会や職場をどう生き抜いてきたかを考えながら、この本を読んでほしいと思います。

関原　いろいろありますが、まず、医療は日進月歩であり病気、がんになっても希望を持って病に立ち向かうことがいかに大事か、です。決して諦めないで闘病をすることです。とは言え、がんは、罹った人の四割は亡くなる厳しい病気であることも事実です。がんを患うことは、人生にとって、極めて深刻な事態です。だからこそ、一期一会というか、いつがんになっても、いつ死んでもいいと思えるように充実した日々を送ることが大切です。最後に、がんになると、家族や友人との関係がいかに大切かを痛感します。病気の最大の支えは、良き人間関係です。それまでの人生で、どういう人間関係を持ってきたかが闘病を支えるすべてだと僕は思います。そのためには、若いときから小さくても構わないから、人の役に立つことを心がける。結局、そういうものじゃないかと思うのです。

——ありがとうございました。

司会：増田英明（ぱぶりっくりれーしょんずの職人）　　二〇一六年七月　都内にて収録

著者プロフィール

関原健夫（せきはらたけお）

1945年、中国北京生まれ。京都大学法学部卒業。'69年日本興業銀行入行。'84年、ニューヨーク支店に勤務中、39歳のとき大腸がんを発症、アメリカで摘出手術。その後、肝転移・肺転移と合わせて6回にも及ぶ手術を受けつつ、金融の最前線で働き、同行（取）総合企画部長、みずほ信託銀行副社長、日本インベスター・ソリューション・アンド・テクノロジー株式会社取締役社長を歴任して現在、公益財団法人 日本対がん協会常務理事の他数社の社外役員。'07年「がん対策推進協議会」委員として「がん対策推進基本計画」作りに参画したほか、2014年まで中医協（中央社会保険医療協議会）公益委員。

日本対がん協会 http://www.jcancer.jp/

がん六回、人生全快〈復刻版〉

2016年10月11日　初版第一刷発行

著者　関原健夫
鼎談出演　垣添忠生
岸本葉子

カバーデザイン　片岡忠彦
本文デザイン　谷敦（アーティザンカンパニー）
協力　増田英明
朝日新聞出版
講談社

編集　小宮亜里　黒澤麻子

発行者　田中幹男
発行所　株式会社ブックマン社
〒101-0065　千代田区西神田3-3-5
TEL 03-3237-7777　FAX 03-5226-9599
http://bookman.co.jp

印刷・製本：図書印刷株式会社
ISBN 978-4-89308-870-3